屋《や》根《ね》葺《ふ》き同心闇御用

学研M文庫

本書は文庫のために書き下ろされた作品です。

目次

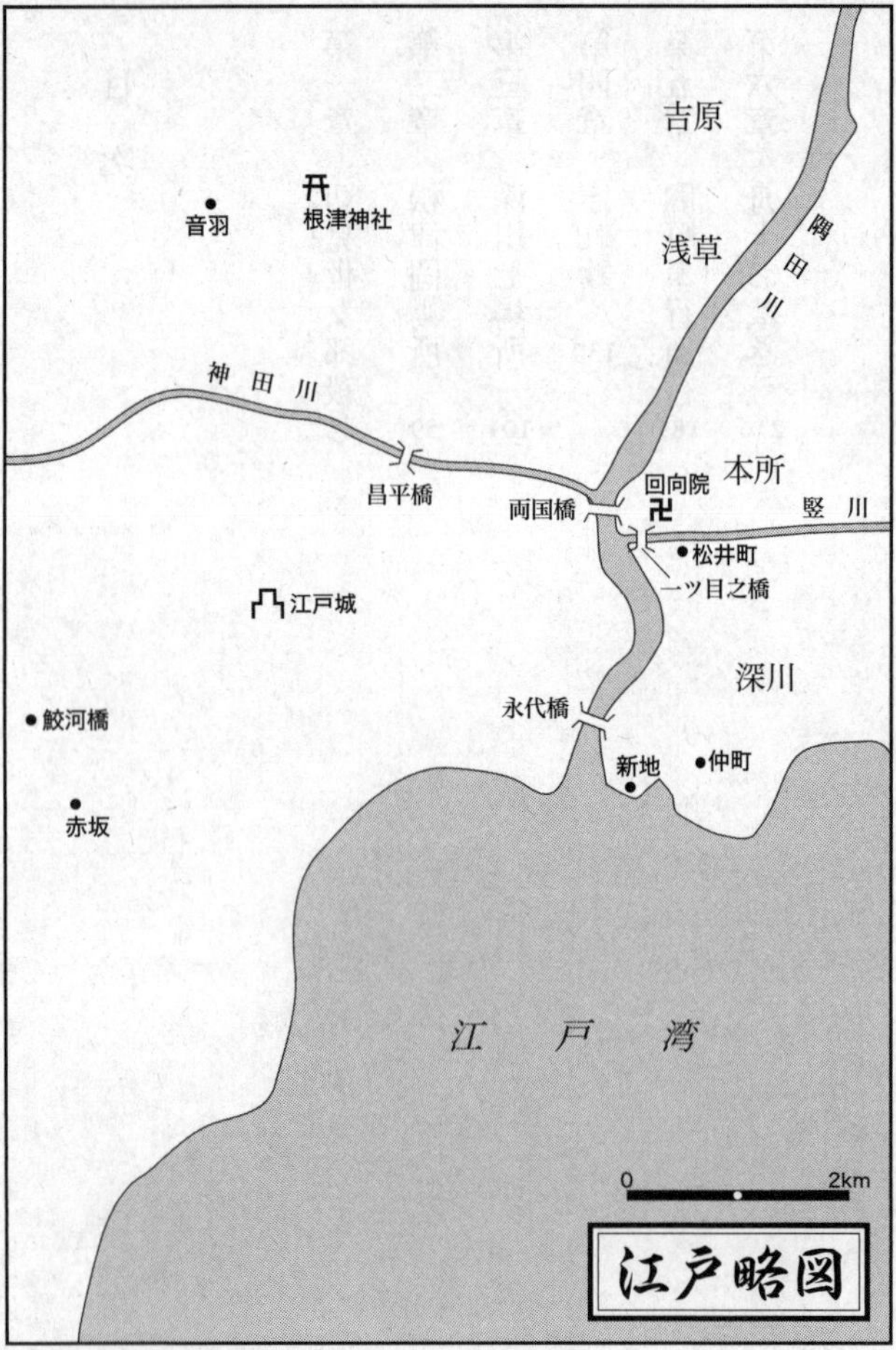
吉原
音羽
根津神社
浅草
隅田川
神田川
本所
回向院
昌平橋
両国橋
竪川
松井町
一ツ目之橋
江戸城
深川
永代橋
鮫河橋
新地
仲町
赤坂
江戸湾
0
2km
江戸略図

第一章　切見世《きりみせ》女郎殺し

（一）

裏長屋の路地に、天秤棒《てんびんぼう》で前後に竹籠《たけかご》をかついだ行商人が、

「古骨《ふるぼね》、おもちゃと、取り替えましょ」

と呼び声をあげながら、はいっていく。

古骨、つまり古傘を子供のおもちゃと取り替える商売で、古骨買いと呼ばれていた。

引き取った傘は傘屋が骨を削り直《けず》して再生し、新品として売る。はがした古傘の油紙は、魚や味噌《みそ》などの包装紙に利用された。

本所松井町《ほんじょまついちょう》の、惣兵衛店《そうべえだな》と呼ばれている裏長屋である。

狭い路地をはさんで、両側に間口《まぐち》一間《けん》半（約二・七メートル）、奥行《おくゆき》二間（約三・六メートル）の二階建て長屋が建っていた。

さっそく、長屋のかみさんが、

「ちょいと、古骨屋さん」

と、声をかけた。

痩《や》せて顔色の悪い、いかにも病気がちという雰囲気の女だった。

そばに、四、五歳くらいの青洟《あおばな》をたらした男の子がいる。

引き換えにもらうのは粗悪なおもちゃであるが、子供がほしがると、母親としてはつい、まだ使える傘も処分してしまうのであろう。

「茶碗《ちゃわん》、鉢屋《はちや》でござい」

続いて路地にはいってきたのは、茶碗や鉢の行商人である。

荷《にな》い箱に茶碗や鉢を入れ、上から荒い網をかけて落ちないようにしていた。

「おめえ、その茶漬茶碗はいくらだ」

ほとんど喧嘩《けんか》腰で呼び止めたのは、やはり長屋のかみさんだが、肥《ふと》っていて顔は鬼瓦《おにがわら》のようだった。見るからに押しが強そうである。

行商人はいかにも気の弱そうな愛想笑いをした。

茶碗の藁《わら》ごみを丁寧《ていねい》に手で払い落とし、相手に見せる。

「二百五十でございます」

「それじゃあ高い。百三十二文《もん》にしな」

女の値切り方は高圧《こうあつ》的だった。

「それでは、ちと……」

行商人はたじたじである。

その高飛車《たかびしゃ》な値切り交渉を聞きながら、常吉《つねきち》、要助《ようすけ》、孫平《まごへい》は顔を見合わせて思わず苦笑した。

三人は屋根葺《ふ》きの職人である。井戸端《ばた》で弁当を食べ終え、筵《むしろ》の上に座って煙管《きせる》で煙草《たばこ》をくゆらせているところだった。

長屋の路地の突き当たりには、ちょっとした空き地があり、そこに共同の便所と井戸が設けられていた。三人がわざわざ湿っぽい井戸端を昼飯の場所に選んだのは、少しでも便所の臭いから遠ざかるためだった。

「ちょいと、ご免《めん》よ」

渋《しぶ》る行商人を相手に、まだねばっている女の横をすり抜け、恰幅《かっぷく》のよい中年の男が現われた。

「どうだ、日が暮れるまでに終わりそうか」

親方の栄蔵《えいぞう》だった。更紗《さらさ》の煙草入れを根付で腰からさげ、肩に真新しい手ぬぐいをかけている。

長屋の柿葺屋根《こけらぶき》の葺き替えを請け負《う》い、職人三人に命じて朝から取り掛からせていたのだ。

「へい、日暮れまでには終わりやす」

一番年長で、兄貴分の要助が代表して答えた。

薄あばたがあり、唇が分厚かった。鼻も見事な団子鼻《だんご》である。

「そうか」

栄蔵は満足そうにうなずいた。

煙管を取り出し、一服、吸い付ける。あたりを見まわしていたが、井戸を指差した。

「あそこに、ナメクジがはっている」

井戸の濡れた木枠《きわく》に銀色の筋を引きながら、ナメクジがゆっくりと進んでいた。動いているのはたしかなのだが、のぼろうとしているのか、横断しようとしているのか、その行き先は判然《はんぜん》としない。

「どうだ、常《つね》、できるか。そうよな、一間《けん》(約一・八メートル)は離れているだろうな」

栄蔵がニヤリとした。

常吉は小首をかしげた。

「さあ、ナメクジはまだ、ためしたことがありませんので」

歳のころは二十二、三歳であろう。

小柄だが、筋肉質のしなやかな体つきだった。

顔も、手足も、露出《ろしゅつ》した肌はすべて日焼けしている。

眉毛が濃いが、顔が浅黒いためさほど目立たない。目はやや細いが、口元が引き締まり、意志が強そうだった。

「賭《か》けるか」

と、要助が勇み立った。

孫平も腕まくりをして、

「よし、俺は夜鷹《よたか》の二十四文を張るぜ」

と、受けて立つ構えを見せた。

瘦身《そうしん》で背が高い。間延びした馬面《うまづら》で反《そ》っ歯だった。

夜鷹とは、最下級の街娼である。道端の暗がりに筵を敷き、そこで客の相手をする。料金は二十四文が相場だった。その料金分を賭けるというのである。

栄蔵が苦々《にがにが》しげに言った。

「馬鹿野郎。博奕《ばくち》は天下のご法度《はっと》だ。それに、てめえ、夜鷹が相手とは情けねえ。せめて、切見世《きりみせ》にでも行けよ」

もちろん、賭場《とば》でおこなわれる本格的なさいころ賭博《とばく》とは違って、他愛《たあい》ない賭け事なのだが、仕事先だけに気を遣《つか》っているのであろう。

ちなみに、切見世とは時間ぎめの、つまり「ちょんの間《ま》」の売色をする女郎屋である。局見世《つぼねみせ》ともいった。

「その代わり、俺が褒美《ほうび》を出そうじゃないか。見事に仕留《しと》めたら、常に五十文。もしはずしたら、要助と孫平に五十文の祝儀《しゅうぎ》だ。蕎麦《そば》くらいは食えるぜ。これで、どうだ」

その栄蔵の提案に、ふたりは顔をほころばせた。どっちに転んでも自分のふところは痛まず、金を出すのは親方である。

「さすが親方、気前がいいや」

「五十文をふたつ割りにすれば、二十五文。夜鷹が買えらぁ」

孫平はまだ夜鷹にこだわっている。

要助がふざけて、にらんだ。

「おい、常公《つねこう》、はずせよ」

「褒美が出るとなると、そうはいかねえ」

常吉はほほえみながら、かたわらに置いてあった木箱に手をのばした。なかには、竹釘《たけくぎ》がびっしりとはいっていた。この竹釘で、屋根板を打ち付けるのである。

木箱から竹釘を一本取り出して口に含んだ。

井戸のほうを向くと、ナメクジを凝視《ぎょうし》する。

「さあ、勝負ッ」

と、要助が掛け声をかけた。

常吉の頰《ほお》が一瞬、ふくらんだかと思うや、ピュッという鋭い音を発して、唇のあいだから竹釘が飛んだ。

コンとかすかな音がして、竹釘が井戸の枠板《わくいた》に突き刺さった。

ナメクジが急速に縮《ちぢ》まる。細長い状態から、いまはほとんど球体になっていた。それでも、下には落ちない。竹釘は体を串刺《くしざ》しにしていた。

「うーん」

「畜生《ちくしょう》め」

要助と孫平がため息をついた。

「おや、うまいものだねぇ」

振り返ると、さきほど茶碗を値切っていた女だった。

両手に盥《たらい》をかかえている。着物の裾《すそ》をまくりあげて帯にたくし込み、脛《すね》どころか太《ふと》股《もも》までむき出しだった。

いつのまにか背後に来て、見物していたようだ。

そのうしろには、さきほどの茶碗の行商人までいる。

「両国《りょうごく》の見世物小屋に出れば、屋根屋よりはよっぽど稼《かせ》げるよ」

そう言うや、女は豪快に呵々大笑《かかたいしょう》した。

「いや、ほんの遊びですよ」

常吉は急いで井戸のそばに寄り、竹釘を引き抜いた。

指先でナメクジをはじき落とすと、井戸端の水溜《みずたま》りで竹釘をすすぎ、もとの木箱に戻した。道具や材料はけっして粗末《そまつ》にしないのが、職人の心得だった。

「約束の褒美だ」

栄蔵が財布から五十文を取り出し、常吉に渡した。

「あられ蕎麦が二杯食えるぜ」

「夜鷹が二回買えるぜ」

と、要助と孫平はいかにも悔《くや》しそうである。

あられ蕎麦は馬鹿貝の貝柱をのせたもので、二十四文だった。

常吉は笑いながら、五十文を袂《たもと》に収める。もちろん、あられ蕎麦を食べるつもりも、夜鷹を買うつもりもない。

(この銭《ぜに》で、お勢《せい》に寿司でも買っていってやるか)

ふと思いつき、常吉は気持ちが明るくなった。将来を約束した女である。

「そろそろ、仕事にかかれ。俺は大家《おおや》の惣兵衛《そうべえ》さんにちょいと挨拶していくから」

栄蔵が井戸端を離れ、路地を木戸口のほうに向かって歩き出した。

木戸をはいってすぐのところに、大家が住んでいた。

「さあ、やっちまおうぜ」

要助が立ちあがり、手ぬぐいで頬かぶりをした。

頬かぶりは埃《ほこり》よけである。

「へい」

常吉と孫平も手ぬぐいで頬かぶりをし、立ちあがる。

それぞれ、竹釘を収めた木箱、竹釘を打つ専用の木槌《きづち》、それに筵を手にする。屋根葺き職人の商売道具だった。

（お勢が見えるかな）

期待に胸をおどらせながら、常吉は身軽に梯子《はしご》を伝って、二階建て長屋の屋根にのぼっていく。

＊

古い屋根板はあちこちではがされ、天井裏に燦々《さんさん》と陽《ひ》の光が差し込んでいた。日ごろは縁のない陽射しと風を受けて、天井裏に積もった埃《ほこり》が舞っているのが、まるで微《び》細《さい》な粉雪が舞っているかのように見えた。

屋根のところどころに、真新しいサワラの鉈《なた》割《わ》り板が重ねられていた。けさがた、丁稚小僧《でっちこぞう》が運んできたものである。

常吉は屋根の上に立つと、まずは背筋をのばし、空を見あげた。

「雨は降りそうにない。風もないし。俺たち屋根葺き職人には、いい日和《ひより》だ」

気分爽快《そうかい》だった。

仕事に取り掛かる前、常吉は屋根の上から空を見渡すのが好きだった。

屋根の上でながめると、つくづく空は広いと実感する。白い雲がゆっくりと流れて、消えていく。それでも、次から次から、あらたな雲が湧《わ》くように出てきて、けっして途切れることがない。

視線をおろすと、竪川《たてかわ》が帯のように横一直線にのびている。竪川は、隅田川《すみだがわ》と中川《なかがわ》を結ぶ掘割《ほりわり》である。近くでながめると濁《にご》った水なのだが、遠くから、しかも高いところから見ると、濃い青色をたたえてキラキラ光っていた。

視線を手前に戻してくる。

心がときめいた。

平屋建て長屋の柿葺屋根が見えた。松井町の岡場所《おかばしょ》で、切見世だった。

さきほど、昼飯のために屋根からおりる直前、切見世の路地に立ったお勢が屋根の上の常吉を認めて、懸命に手を振ってきた。頰を赤らめ、爪先立《つまさきだ》ちをしていた。まるで、爪先立ちをして背をのばさないと、男に気づいてもらえないと案じているかのようだった。

常吉が昨夜、「あすは、惣兵衛長屋の屋根で仕事だ。おめえの姿が見えたら、手を振るからな」と、冗談交じりにお勢に言ったのだ。

ちゃんとそのことばを覚えていて、楽しみにしていたらしい。

常吉は自分から言っておきながら、その場になると、急に恥ずかしくなった。要助や孫平の手前もある。手を振り返したというより、「やめろ、やめろ」とでも言わんばかりに、そっけなく手で制したものだった。

いまになって、自分の冷淡さに気が咎《とが》めた。

「あとで、謝《あやま》らなきゃな」

そうつぶやきながら、お勢の部屋を見ると、路地に面した入口の杉板戸《すぎいたど》が閉じられていた。

客がきているということだった。

常吉は一瞬、気持ちが冷えた。

思い直し、自分に言い聞かせる。

（お勢はまだ女郎なんだから。しかたがねえや）

頭ではそう納得はしているのだが、やはり常吉の胸には小さな、鋭い痛みがあった。

つい、閉じられた板戸の向こうでおこなわれていることを想像してしまう。

しかし、まもなくふたりは晴れて夫婦《めおと》となる。お勢はあと一ヵ月で女郎の年季《ねんき》が明けるのだ。

(もうちょっとの辛抱《しんぼう》だ。俺の女房になれば、ほかの男には指一本触れさせねえ)

所帯《しょたい》を持つため、常吉はすでに親方の家を出て、本所緑町《みどりちょう》の裏長屋に部屋も借りたのである。

「さあ、仕事だ」

自分で自分に気合を入れた。

脳裏に浮かんだ妄想を振り払い、筵を屋根の上に敷き、腰をおろした。

木箱から竹釘をひと束《たば》、つかみ出し、口のなかに含んだ。

竹釘を一本、舌の先でスッと押し出す。それをすばやく左手でつかみ取るや、サワラの薄板を重ねながら、野地板《のじいた》に打ち付けていく。

トン、トン、トンと軽快な音が響いた。

柿葺の屋根はトントン葺とも呼ばれていたが、竹釘を打ち付けるときの音が連想であろう。

竹釘を口のなかにまとめて含むのは、一本、一本、そのたびに木箱から取り出していたのでは能率が落ちるからだった。

雨の日は口淋《くちさび》しいと屋根屋言い
小肴《こざかな》を屋根屋は妙に早く喰う

という川柳は、屋根葺き職人の口と舌の妙技を詠《よ》んだものである。

雨の日は仕事が休みのため、口さびしいであろう。

舌を使うのがじょうずなので、骨の多い小魚を食べるのも早いはず。

というわけだ。

仕事柄、常吉は竹釘を口に含むのには慣れていたが、あるときふと思いついて、吹き矢のようにプッと吹き出してみた。

竹釘は矢のように飛び、プスリと板壁に突き刺さった。

われながら驚いた。いままで知らなかった自分の能力に気づき、一種の感動すら覚えた。

以来、妙におもしろくなって、暇《ひま》さえあれば、ひとりで練習をしていた。

その様子をたままた人に目撃され、たちまち親方や職人仲間にも知られてしまったのである。さきほど、ナメクジが賭けの対象になったのも、常吉が商売道具の竹釘で吹き矢ができるのはすでに有名だったからだ。

しかし、親方の栄蔵も常吉の本当の技量を知っていれば、ナメクジを選ばなかったであろう。

自分から吹聴《ふいちょう》することはなかったが、じつは常吉はいまでは、飛んでいる蝿《はえ》でも三回に二回は撃ち落とせるほどに習熟していた。一発だけでなく、数本の竹釘を含んでおいて、連射することもできた。

ナメクジのようなのろい動きの的《まと》に命中させるなど、たやすいことだったのだ。

（おかげで、五十文の得をした。だましたようで、ちょいと心苦しいが……、しかし、ナメクジをためしたことがなかったのは本当だからな）

常吉はクスリと思い出し笑いをした。

「屋根屋さーん、ここだよ。雨漏《あまも》りするんだよ」

下で、女が叫んだ。

続いて、常吉の尻のあたりがドンドンと響いた。

長屋のかみさんが二階にあがり、棕櫚箒《しゅろぼうき》の先などで天井をついて、雨漏りの箇所を教えている。

常吉は口のなかに竹釘があるため返事ができない。木槌でトントンとたたき返して、了解したことを伝えた。

（二）

木戸口から一歩でも路地に足を踏み入れた途端、それが男でさえあれば、武士か町人か農民か、あるいは若いか年寄りかにはおかまいなく、あちこちから声がかかった。

「コレサ、町人さん」

「寄んなんし、侍さん」

「コレサ、息子さん、寄っていきな」

さきほど、常吉が屋根の上から見おろしていた切見世である。

狭い路地の両側に平屋建ての長屋が続き、間口が四尺五寸（約一・四メートル）の部屋がずらりと並んでいた。入口の杉板戸があいている部屋もあれば、閉じられている部屋もある。男を誘う声はすべて、あけ放たれた板戸の内側から発せられていた。

路地を歩く男たちは、声のするほうをチラチラと横目でながめては、その容貌《ようぼう》をたしかめ、年齢を推しはかっていた。いったん日が暮れると、行灯《あんどん》の明りでは白粉《おしろい》を厚く塗った女の年齢はまず判断できないが、まだ夕暮れまでには間《ま》があるだけに、顔を見ればおおよその歳《とし》はわかった。年増《としま》の女からすれば、つらい時間帯でもあった。

女を物色して歩く男たちにまじって、日和下駄《ひよりげた》でことさらに路地のドブ板をゴトゴト踏み鳴らしながら、地廻《じまわり》やくざの権太《ごんた》が現われた。女と客の悶着《もんちゃく》を鎮《しず》めたり、たちの悪い客をつまみ出したりするために雇われているのだが、女の監視役でもあった。

藍返《あいがえし》の袷《あわせ》を着て、三枡格子《みますごうし》の手ぬぐいを肩にかけている。

ぶらぶらと歩きながら、左右に鋭い視線を放っていた。

あけ放った板戸の内側から、お兼《かね》がひやかした。

「コレ、権《ごん》さん、そう見まわってばかりじゃあ、下駄がすり減ろうぜ」

お兼は日の光のもとではひと目で年増とわかるし、声もしゃがれていた。

肩をゆすり、権太が鼻で笑った。

「下駄がすり減ったら、買ってくれるだろう」

続いて、路地をへだてて向かいの、やはり板戸があいたままのお銀《ぎん》に、

「お銀ぼう、どうだ」

と、様子を尋ねた。

見るからに年増のお銀は、

「権さん、聞きねえ。きょうはもう七《なな》ツ（午後四時ころ）だというに、まだ口明けもしねえ。これじゃあ、顎《あご》が干上がっちまう」

と、客にあぶれていることを愚痴《ぐち》った。

「たまにゃあ、そんな日もあろうよ」

「たまにゃあどころか。このごろは、あぶれどうしさ」

「おきやァがれ。ゆうべも泊まりを取ったじゃあねえか」

権太がにらんだ。

やくざ者は上前《うわまえ》をはねるだけに、女たちの営業状況はちゃんと把握《はあく》していた。

そのとき、四、五軒さきの部屋で男の怒鳴り声があがった。お宮の部屋だった。

すぐさま、権太が駆け出す。

木戸をあけて、なかをのぞくと、足軽らしき男が激怒して、なにやらわめいていた。女につかみかからんばかりの剣幕《けんまく》である。

「無礼者め。武士に向かって悪口雑言《あっこうぞうごん》。許せぬ」

お宮のほうも、

「なにすんだい。わっちは売り物だ。わっちの体に傷をつけたら、ただじゃあすまないよ」

と、負けてはいない。

「まあ、静かにしなせえ」

権太が制した。

いつのまにか、同じく地廻やくざの八五郎も駆けつけてきた。

ふたりは鋭い目つきで威圧しながら、

「いったい、どういうことですかい」

と、わけを尋ねた。

足軽は興奮から、顔色が青ざめている。荒い息をしながら、女の不当をなじった。

いっぽうのお宮も、客の横暴をまくし立てた。

原因は他愛《たあい》ないことだった。

本所松井町の岡場所は、泊まりは金二朱《きんにしゅ》である。「ちょんの間」は昼間は三百文、夜は二百文が相場で、やや高級だった。

足軽はちょんの間が終わったあと、敷布団《しきぶとん》の上に三百文を置いたのだが、お宮がそのまま布団を折りたたんだため見えなくなった。お宮が「つとめは」と尋《たず》ねたところ、足軽は「つとめを二重に取るのか。俺はやり逃げするような男ではない」と、怒り出した。「つとめ」とは、代金のことである。

いっぽう、お宮は癇癪《かんしゃく》持ちだった。いったんカッとなると、あとさきを考えずに罵《ば》詈雑言《りぞうごん》を発する。売りことばに買いことばで、激しい口論になったというわけだった。

「つとめは、もらったんだな」

権太がたしかめた。

お宮は「ああ」と、ふてくされて答えた。

「それじゃあ、もう、いいわな」

八五郎があっさり、一件落着を宣言した。

ふたりは足軽に向かい、

「モシ、誰しも間違えはあるもんだ。やり逃げするような旦那《だんな》じゃねえことは、わかってまさァ」

「たかが切見世の女だァ、取るに足らねえ。うっちゃって、帰んなんし」

と、交互《こうご》になだめすかした。

足軽は最下級とはいえ、武士であることに違いはない。相手の身分に、権太と八五郎もいちおう遠慮していた。それに、腰に差した両刀への警戒もある。

ことばであやしながら、両側から足軽の小脇《こわき》をグイとかかえこんだ。

もう、足軽は身動きできない。それに、ふたりの男がただよわせている剣呑《けんのん》な雰囲気にも気圧《けお》されていた。

そのまま、権太と八五郎のふたりで強引に、足軽を路地から外の通りに連れ出す。

足軽はまだ怒りがおさまらないようだったが、やくざ者ふたりを相手に喧嘩《けんか》をする度胸《どきょう》もなかった。

木戸口で放免《ほうめん》されたあと、

「たかが切見世の売女風情《ばいたふぜい》が」

と、捨て台詞《ぜりふ》を吐き、憤然《ふんぜん》とした足取りで帰っていった。

＊

騒ぎをおこした足軽が放り出されるのと入れ違いに、お店者《たなもの》らしき若い男が木戸口をくぐって路地にはいってきた。結城木綿《ゆうきもめん》の着物に、小倉《こくら》の帯を締めていた。

続いて、腰に両刀を差した武士が路地にはいってきた。黒竜文《くろりゅうもん》の羽織を着ていたが、袴《はかま》はつけない着流し姿だった。竹の皮を編《あ》んで作った筍笠《たけのこがさ》を目深《まぶか》にかぶっているため、容貌はよくわからない。

体は小柄で、痩《や》せ型だった。痩せているというより、骨が浮き出ているような貧弱な体軀《たいく》だった。

武士がじろりと、木戸口をはいってすぐの路地脇に掛けられた掛行灯《かけあんどん》に目をやった。

掛行灯には、

ろじ四ツ切《よぎり》

火の用心

と書かれていた。

ろじ四ツ切とは、四ツ（午後十時ころ）になると路地の木戸を締め切るということだった。それ以降は、泊まりとなる。

武士はそのまま、路地を進む。

さきを行くお店者は、お玉という女に、

「モンシ、モンシ、町人さん」

と呼び止められると、とくに迷うこともなく、すぐになかにはいった。

ひと目で気に入ったようだ。

部屋の板戸が閉ざされる。

今度は競い合うように、武士に声がかけられた。

「モシモシ侍さん」

「コレコレ侍さん」

お勢も誘ったひとりだった。

歳は二十一である。上田縞《うえだじま》の着物に、黒繻子《くろじゅす》の帯を締めていた。

まだ若いこともあって、肌はさほど荒れていなかったし、なによりその挙措《きょそ》に切見世の女郎にしばしば見られる捨《す》て鉢《ばち》さや、すさんだ不健康さがなかった。目は生き生きと輝き、身のこなしは潑剌《はつらつ》としているほどだった。

やはり、惚《ほ》れた男がいることがささえになっているのであろう。

お勢はちょっと前に、職人の男を送り出したばかりであり、しばらく休みたい気持ちもあったが、できるだけ客を取って稼《かせ》ごうと思い直し、武士に声をかけたのだ。一ヵ月後には年季が明け、常吉と所帯を持つ。それまでに、少しでも金をためておきたかった。

簞笥《たんす》や長持《ながもち》を持参して嫁入りする身分ではないだけに、せめて、まとまった金を常吉に見せてやりたかった。「ほう、こんなにためていたのか。おめえ、たいしたものだぜ」と常吉が驚き、感心するさまを想像すると、お勢は心が浮き浮きしてくる。がんばろうという気にもなった。

武士が立ち止まり、お勢のほうを見た。

相手に脈《みゃく》があると見て、お勢はにっこりとほほえんだ。

「おあがンなんし」

瞬時《しゅんじ》ためらったあと、武士は入口の敷居《しきい》をまたぎ、ぬっと狭い土間に踏みこんできた。

入口の上は無双窓《むそうまど》になっていた。

部屋の間口は四尺五寸だが、入口は二尺（約六十センチ）で、あとの二尺五寸は羽目板《めいた》である。羽《は》目板の内側は板張りで、鏡台などの化粧道具や、そのほかこまごまとした道具が置かれていた。

土間をあがると、畳が敷かれているが狭い。九尺二間の裏長屋にもおよばないくらいだった。

切見世の女郎はここで生活し、客を取る。

部屋の奥に布団がたたんで置かれ、上に枕がふたつのっていた。天井から棚《たな》がつるされていて、夜着《よぎ》はそこに収納されていた。夜着を用いるのは泊まりの客だけで、ちょんの間では敷布団だけだった。

武士は無言のまま草履《ぞうり》を土間に脱ぎ、上にあがった。目深にかぶっていた笥笠をはずす。

頬骨が高く、どことなく貧相な顔立ちだった。それでいて、目が底光りしている。その光はたんなる好色というより、もっと異質な粘液質の嗜好《しこう》を感じさせた。

（イヤだな）

お勢は相手の顔を見て、ちょっと後悔した。

女郎の経験からくる勘《かん》だった。

その不安を打ち消すように、自分に言い聞かせた。

（イヤな男でも、客は客だからね）

どんなつらいことでも、常吉と所帯を持ったためだと思えば我慢《がまん》できた。

（あと、ひと月だもの）

お勢は自分をはげましながら、いったん土間におりて、板戸を締めた。

そのとき、向かいの部屋のお兼が路地に半身を乗り出しているのが見えた。

お兼は部屋に座ったままで声をかけていては埒《らち》が明かないと思ったのか、土間に立って、懸命に客を呼びこんでいる。

板戸を閉めたあと、お勢は上にあがり、部屋に敷布団を敷いた。

もう、それだけで部屋はいっぱいになった。

そのとき、隣の部屋の閉じられた板戸がトントンと鳴った。客が、なかに女がいるかどうかを確認しているらしい。

お銀が外に向かい、

「まわってきな。すぐに空《あ》くよ。帰んなんなよ」

と、怒鳴《どな》った。

ちょんの間の客だから、そのあたりをひとまわりしてくるあいだに番がくるので、しばらく待てということだった。

「帰る、帰る」

と、悪態《あくたい》をついて、男が立ち去る。

口では「帰る」と言っているが、ひとまわりして、戻ってくるつもりであろう。お銀の馴染《なじ》み客に違いなかった。

さきほど、きょうはまだ客がひとりもないとぼやいていたお銀だが、いまになって、立て続けに客がつき始めたようである。

お銀が大げさにあえいだ。

「ああ、おめえさん、いいよ、いいよ」

もちろん、商売用の喜悦《きえつ》の声である。いまの客に早く終わらせ、つぎの客を取ろうという算段であろう。

隣の部屋との境は襖《ふすま》一枚のため、物音や人の声は筒抜《つつぬ》けだった。

（三）

仕事を終えると、常吉はまずは銭湯に行った。

汗を流してさっぱりしたあと、あたらしい緋縮緬《ひぢりめん》のふんどしに換《か》えた。

屋根葺き職人は着物を尻《しり》っ端《ぱ》折《しょ》りしたかっこうで高い場所で働くため、下から見あげると、往々にしてふんどしが見える。そのため、派手《はで》な緋縮緬のふんどしを身につけるというのが職人の見栄だったのだ。

綿縮緬《めんちりめん》の袷《あわせ》に、花色繻子《はないろじゅす》の幅狭の帯を締め、草履をつっかけた。

お勢のところに向かう途中、屋台で寿司を買った。車海老、白魚、まぐろ、穴子、こはだ、海苔巻《のりまき》、それに玉子巻まで奮発した。

だいたい一個が八文だが、海苔をまじえた飯に干瓢《かんぴょう》を入れ、玉子焼で巻いた玉子巻は、一個が十六文だった。常吉はぜひ、お勢に玉子巻を食べさせてやりたかった。

常吉には、お勢がいったんはパッと表情を輝かせたあと、急に顔を曇《くも》らせ、説教がましいことを言うであろうことも想像がついた——。


「どうだ、玉子巻だぜ。食ってみな」

「おや、おいしそうだねぇ。でも、高いんじゃないのかい」

「十六文さ」

「えっ、一個が十六文かい」

「たいしたことはねえよ。おめえに食べさせようと思って、買ってきたんだぜ。玉子はおめえの好物だろうよ」

「ありがたいね。でもねぇ、おまえさん、あたしのためにこんな無駄《むだ》遣いをしないでおくれ。これから、所帯を持つんだからね」

「食い物ぐらい、ぜいたくしようぜ」

「駄目《だめ》、駄目。あたしはぜいたくがしたくって、おまえさんと一緒《いっしょ》になるんじゃないよ。おまえさんの心意気に惚《ほ》れたんだから。おまえさんと一緒に暮らせるだけで、もうじゅうぶんなんだからね」

「じゃあ、ふたりで食う物も食わず、腹減らして生活するか」

「馬鹿だね。あたしがお飯《まんま》を炊《た》いて、おまえさんにちゃんと食べさせるわな」

「おめえに、飯《めし》が炊けるか」

「最初のうちは失敗するかもしれないね。でも、きっとじょうずになるから。失敗しても、怒らないでおくれよね。あたしは、おまえさんに愛想《あいそ》尽《づ》かしをされるのが心配でね」

「いまから、愛想尽かしの心配か」

——頭のなかで想定問答をしていると、自然と頬がゆるんだ。

いっそう、お勢に対するいとおしさがこみあげてくる。

竹の皮で寿司をくるんだ包みを右手にぶらさげ、常吉は軽やかに草履の底で地面を鳴らした。心のはずみが、草履にも乗り移ったかのようだった。

木戸口をはいろうとしたとき、なかから、ものすごい勢いで男が飛び出してきた。

あやうく突き当たるところを、常吉はかろうじて身をかわした。その拍子《ひょうし》に、さげていた包みが板塀にぶつかり、竹の皮が破れて中身がこぼれ落ちる。

「あっ」

常吉は思わず悲痛な声をあげ、かがんで手で受けようとしたが、間に合わなかった。玉子巻と車海老が地面に転がって、泥にまみれた。

猛烈に腹が立ってきた。

かがんだ姿勢から、キッと相手をにらみつける。

あたりにはすでに夕闇が迫っていたが、低い位置から見あげたため菅笠の下の容貌ははっきりわかった。

その顔面からは血の気が失《う》せ、目は険悪《けんあく》に光っている。

常吉は、「唐変木《とうへんぼく》め、どうしてくれる」と啖呵《たんか》を切りそうになったが、そのことばをグッと呑み込んだ。

腰に両刀を差した武士だった。背は低く、痩せていて、貧弱ともいえる体格だったが、相手が武士ではまともに喧嘩をするわけにはいかない。それでも、せめてひとこと、謝罪させなければ気がすまなかった。

常吉は精一杯の抗議をこめ、武士の前にすっくと立ちあがった。

「せっかくの手土産《てみやげ》が台無《だいな》しですぜ」

「無礼者《ぶれいもの》め」

相手は謝るどころか、高飛車に言い放った。まるで、常吉のほうが悪いと言わんばかりだった。

口のなかで反論しながら、常吉は歯嚙《はが》みをした。

（なにおぉ）

「そこをどけ、邪魔《じゃま》だ」

突き飛ばさんばかりの横柄《おうへい》さで、武士はさっさと歩き去ろうとする。

常吉は怒りで、握り締めた両拳《りょうこぶし》がブルブルふるえた。思わず、武士の後ろ姿に向かって、プッと鋭い息を吐いた。

（ざまあみろ、尻に命中だ）

もちろん、竹釘の吹き矢は想像である。

せめてもの鬱憤《うっぷん》晴らしだった。

あらためて、泥まみれになった寿司に目をやった。

「あーあ、せっかくの玉子巻が」

全部が落ちなかったのはせめてもの救いだったが、肝心の玉子巻が台無しになったのを見ると、常吉は泣きたくなってきた。玉子巻を前にしたときのお勢の笑顔と、それに続く分別《ふんべつ》臭《くさ》いお説教や取り越し苦労が楽しみだったのだ。

「もういちど寿司屋に戻って、玉子巻を頼もうか」

常吉は迷った。

いつのまにか野良犬が寄って来て、泥まみれの玉子巻と車海老をそれぞれひと口でパクリと呑み込んでしまった。

＊

お銀は客を送り出したあと、ふと隣の様子が気になった。

シンと静まりかえっている。

さきほど、武士の客を呼び入れたらしいことはわかっていた。客がいれば、それなりにあえぎ声や睦言《むつごと》、床《ゆか》がきしむなどの物音がするのが普通である。この静寂は異常だった。

疲れて、ふたりとも寝入ってしまったのであろうか。

となると、ちょんの間の商売だけに、気の毒である。

お銀は気をきかせて、襖《ふすま》越しに呼びかけてみた。

「お勢さん、でえぶ静かだネ」

もし寝入っているとすれば、起こしてやるつもりだった。

うんともすんとも返事はない。

「お勢さん」

ふたたび呼んだが、返事はなかった。

便所にでも行ったのだろうか。部屋には便所はなく、路地の奥に共同便所がもうけられていた。

不審《ふしん》を覚えたお銀は、仕切りの襖を細目にあけ、すきまに片目を押しつけた。すでにお銀の部屋では行灯をともしているのに、お勢の部屋は暗いままである。そのこと自体が不審だった。

「お勢さん、あけるよ」

お銀が襖を開いた。

行灯の明りが隣室にも差し込む。

「寝てるのかい」

舌がうまく動かず、かすれた声しか出なかった。

お勢は長襦袢《ながじゅばん》がはだけてほとんど全身の肌をむき出し、両脚《りょうあし》も大きく開いた、あられもないかっこうで、布団の上に横たわっていた。

「まあ、まあ」

いったんはあきれたお銀だが、ハッと気づいた。

お勢の股間《こかん》から異様な物がはみ出ていたのだ。そのねじれたような寝姿も、どことなく不自然だった。

お銀はガクガクする膝で、そばに寄った。

そっと、お勢のむき出しの肩に触れた。

すでに冷たい。

頸《くび》に紫色の鬱血《うっけつ》があった。絞殺されたのは間違いなかった。そして、陰部には陰茎状の棒が挿《さ》し込《こ》まれていた。

「きゃっ」

小さな悲鳴をあげ、お銀はその場にへたり込んでしまった。

腰が抜けたのである。

続いて、自分でも驚くほどの絶叫を発した。

「きゃーッ、誰か来てーッ」

いったん絶叫すると、もう止まらなかった。

「きゃー、きゃー」

と、お銀は叫び続けた。

路地のドブ板がけたたましく鳴った。

「どうしたい」

板戸を開いて飛び込んできたのは、地廻やくざの権太と八五郎だった。

すぐに、お勢の体をあらためる。

「死んでるぞ」

「客はどこにいる」

ふたりが殺気だって詰問《きつもん》した。

お銀は首を横に振った。涙がとめどなくあふれ出て、もうひとこともしゃべれず、しゃくりあげるだけだった。

いつのまにか、路地には客にあぶれていた女が集まってきていた。

向かいの部屋のお兼が、急《せ》き込んで言った。

「さっきの侍だよ。あたしは、はいるのも、出て行くのも見たよ」

「顔は見たか」

権太が血走った目で問う。

お兼は泣きそうになった。

「笠をかぶってたし、もう外は暗くなっていたからね。顔はわからないよ」

「くそう、やりやがって」

八五郎が歯ぎしりをした。

そこに、でっぷりと太った男が現われた。

走ってきたため、息が荒い。

顔は丸く、目もどんぐり眼《まなこ》だった。すでに初夏だというのに、どてらを着ている。

親方の万介《まんすけ》だった。切見世の所有者で、いわば女郎屋の楼主である。

万介は状況を見て取るや、権太と八五郎に命じた。
「木戸を閉じろ。誰も外に出られないようにしろ」

＊

常吉はいったん屋台に引き返して、玉子巻と車海老をあらたに買い入れ、竹の皮で包み直してもらってから、戻ってきた。

切見世でなにやら、騒動がおきているようである。野次馬が木戸口の前に集まっていた。

木戸は閉ざされている。

常吉が野次馬の背中に問いかけた。
「おい、いったい、なんの騒ぎだい」

数人が振り返り、口々に言った。
「女が死んだんだと」
「殺されたらしいぜ」
「きょうは、もう客は入れないらしいぜ」

断片的に聞きかじった事実を告げながら、みないかにも得意げである。

やにわに、常吉は胸騒ぎを覚えた。

「おい、ちょいと、通してくれ」

人ごみをかき分けながら前に進む。

その強引さに、武家屋敷の中間《ちゅうげん》風の男が、

「痛え、足を踏みやがったな。押すな、おい、押すんじゃねえよ」

と、怒りの声をあげた。

いさいかまわず、常吉は木戸のそばまで進んだ。

その場で草履を脱いで、はだしになった。

竹の皮の包みと、裏合わせにした草履をふところにねじ込んだあと、跳《と》びあがって、木戸の上部に手をかけた。そのまま、体を持ちあげる。木戸がミシミシときしんだ。

職業柄、常吉は身が軽いし、腕力もあった。

難なく、木戸を乗り越えた。

路地には、女たちが数人ずつあちこちに固まり、ひそひそとささやき合っていた。

と、呼びかけられた。

「常さん」

見ると、お兼だった。

ふたりは、すでに顔馴染《かおなじ》みだった。お兼のほうでも、お勢と常吉が一緒になることは知っていた。

「お兼さん、どうしたい」

尋《たず》ねながら、常吉は胸の動悸《どうき》が早まるのを覚えた。

高まる不安で、息苦しいほどだった。

お兼の顔は涙で白粉《おしろい》がはげ落ち、無残なまだら模様になっている。その衝撃と動揺ぶりは、お兼と親しい女が死んだに違いなかった。

「どうしたい」

「おまえさん、気をしっかり持ちなよ」

「どうしたんだ、はっきり言ってくれ」

常吉はいらだった。

「お勢さんが、お勢さんが」

そう言うなり、お兼は常吉の胸に取りすがり、しゃくりあげた。

「お勢が……、お勢がどうした。泣いていたんじゃわからない。お勢がどうしたんだ」

相手の肩に両手をかけ、常吉が激しく揺すった。

「死んだんだよ」

「死んだ……。嘘《うそ》を言うな。昼ごろ、俺はお勢を見た。元気だったぜ」

「殺されたんだよ」

「えっ、殺された。誰に、そんなことをしたのは、誰だ」

「ちょっと前に出て行った、侍だよ。笥笠をかぶった、背が低く痩せた侍だよ」

「あいつだ……」

常吉は愕然《がくぜん》とした。

ついさっき、殺人者と遭遇《そうぐう》していたのだ。

「そ、それで、お勢は」

「親方がきて、地廻の権太や八五郎となにやら相談しているけどね。もう、誰にも会わせようとしないんだよ」

「なに……俺はお勢に会うぞ」

常吉はお兼を突き離すと、お勢の部屋に走った。

「なんでえ、てめえは」

万介が行く手をさえぎり、威嚇《いかく》した。

「お勢に会わせてくれ」

そのどんぐり眼で、万介が険悪ににらみつけてきた。

けんもほろろに、

「きょうは、締め切りだ。客人はお断わりでしてね」

と、犬を追うように手を振った。

「ともかく、お勢に会わせてくれ」

「会わせるもなにも、お勢は病気で死んだぜ」

万介が冷笑する。

常吉が声を荒らげた。

「嘘だ、病気なんかじゃない。殺されたんじゃねえか。ひと目だけでも、会わせてくれ。このままじゃあ、気持ちがおさまらない」

「駄目《だめ》だ、帰りな」

「とにかく、なかに入れてくれ」

「うるさい野郎だな。おい、権《ごん》、八《はち》、この男をつまみ出せ」

「俺は、お勢と所帯を持つ約束をしていたんだ。俺は、お勢を殺した侍の顔を見たんだ」

叫びながら、常吉がお勢の部屋にはいり込もうとする。

薄暗い部屋のなかに、菰《こも》があるのが見えた。

菰の端から、白い足の先がはみ出していた。

権太と八五郎が、

「てめえ、とっとと失《う》せやがれ」

「うるせえんだよ、てめえ」

と、両側から腕を取ろうとした。

常吉が腕を振り払った。

はずみで、八五郎の体が吹っ飛んだ。羽目板に背中を打ちつけ、「うっ」と、うめいた。

日々、肉体労働に従事しているだけに、常吉は頑健《がんけん》だった。自堕落《じだらく》な生活をしているやくざ者と一対一で、素手《すで》で取っ組み合えば、常吉が難なく相手を組み伏せていたであろう。

しかし、やくざ者は喧嘩慣れしているし、その戦法も、必ず複数でひとりを襲う。

すかさず、権太が下駄で力いっぱい向こう脛《ずね》を蹴《け》ってきた。

その衝撃に、常吉は目から火花が散った。つんのめりそうになる。

そこに、八五郎が体当たりしてきた。

あっけなく、常吉はドブ板の上に転がった。

「この野郎」

「出しゃばるんじゃねえよ」

権太と八五郎がののしりながら、横転した常吉の全身をめったやたらに蹴《け》りつけ、踏みつける。

もう、常吉は反撃どころではない。体を丸め、両腕で頭と顔面をかばうのが精一杯だった。

路地に集まっている女たちは、顔をこわばらせて見つめている。日ごろから、やくざ者のむごい仕打ちは身にしみて知っていた。

「おい、そのくらいにしておけ。堅気《かたぎ》の衆に死なれては面倒だ」

ころあいを見て、万介が制止した。

ふたりはようやく足蹴《あしげ》にするのをやめた。

常吉はボロ雑巾《ぞうきん》のように横たわっている。元結《もとゆい》が切れて、ざんばら髪になっていた。顔や手足のあちこちに血がにじみ、着物は泥だらけだった。

「この野郎、どうしやしょうか」

荒い息をしながら、権太が言った。

万介が命じた。

「放り出せ」

「へい」

ふたりは、ぐったりとしている常吉の両脇に手をかけ、引きずるようにして木戸口のそばまで運んだ。

木戸を開けると、

「ほらよ」

と、通りに突き出した。

集まっていた野次馬が、いっせいに後ずさる。

常吉はよろよろと数歩、ふらついたあと、くずおれるように地面に倒れこんだ。

「おう、てめえら、見世物じゃねえぞ」

「帰りな、帰りな」

権太と八五郎が肩を怒らせ、野次馬に解散するよう威嚇《いかく》した。

そのとき、あいたばかりの木戸口をすり抜けて、お店者らしき若い男が路地から表通りに抜け出した。さきほど、お玉の部屋にはいった男だった。

なかば意識を失っていた常吉はもちろんのこと、権太と八五郎も野次馬を追い払うのに夢中で、男の脱出には気づかなかった。

（四）

「おい、酒がねえぞ」

据《す》わった目で、常吉が丁稚小僧《でっちこぞう》を呼んだ。

本所緑町の居酒屋である。

入口に縄暖簾《なわのれん》がかかっていた。

入口をはいると土間があり、酒樽《さかだる》が積み重ねられている。調理場には茹蛸《ゆでだこ》や魚がつるされていた。

土間をあがると、座敷である。

上端《あがりはな》に腰をかけ、呑み食いをしている客も多い。

座敷は、天井からつるした八間《はちけん》で照らされている。

常吉は座敷の片隅に座っていた。

膝の前に銅製のちろりと、湯飲茶碗があった。いちおう、刺身や湯豆腐などの肴《さかな》も出ていたが、まったく箸《はし》はついていない。ずっと、湯呑茶碗で酒をあおり続けていたのだ。

満員といってもよいくらいの客の入りなのだが、常吉の周囲にはポッカリと空白ができていた。みな敬遠しているのであろう。

常吉は頭に手ぬぐいを巻き、かろうじてざんばら髪をまとめていた。顔は真っ青で、しかもあちこちに血のあとがあった。着物は汚れてよれよれで、袖などに破れも目立つ。ひと目で、喧嘩などで袋叩きにされ、荒れて自棄酒《やけざけ》を呑んでいるとわかる。ほかの客が寄り付かないはずだった。

「常さん、もうやめたほうがいいですよ」

小僧が、おずおずと言った。

「うるせえ。酒を持ってこい」

常吉が、空《から》になったちろりを押し付けた。

「もう、ずいぶん呑んでいますよ」

「心配するな。金ならある」

ふところに手を入れ、財布を取り出そうとした。

指先に、竹の皮が触れた。

寿司の包みだった。ふところに入れたままになっていたのだ。

常吉は包みを引き出した。

ぺちゃんこになり、竹の皮のあいだから飯粒がはみ出していた。砕《くだ》けた玉子焼がボロボロとこぼれ落ちた。

それを見た途端、常吉の目に滂沱《ぼうだ》として涙があふれた。

いったん目頭が濡《ぬ》れると、もう止まらなかった。大粒の涙が次から次から、頬を伝って流れ落ちた。

「くそう、畜生め」

常吉は手の甲で目と、鼻をぬぐった。

「病気なんかじゃねえや。お勢は侍に殺されたんだ。俺は、侍の顔をはっきり見たんだ。畜生め、必ずさがし出してやるからな」

つぶやきながら、常吉はおいおい泣いた。

自分でもなにを口走っているのか、わからなくなっていた。

それまで、ずっと酒を呑み続けながら、まったく酔いを感じなかった。水でも呑んでいるかのようである。頭も気持ちも醒《さ》め切っていた。まるで、体とは別な穴に酒が吸い込まれていくかのようだった。

ところが、落涙《らくるい》すると同時に、体のどこかの箍《たが》か栓《せん》がはずれたかのようだった。急激に酔いがまわってきたのだ。ずぶずぶと、全身が泥酔《でいすい》の沼に沈んでいくようでもあった。

周囲の光景がゆがみ、ぐらぐら揺れているように見えた。

ついに、がっくりと首をたれた。

「侍を見つけて、お奉行さまに訴えるんだ。そうすりゃあ、侍だって、もう逃げられるもんか。畜生め。打ち首にしてやらぁ。いや、獄門《ごくもん》だぁ」

首をたれたまま、ブツブツとつぶやき続けた。

すぐ近くから、声がした。

「お勢さんは、お気の毒でしたな」

「なに」

常吉は顔をあげ、酔眼《すいがん》を凝《こ》らした。

いつのまにか、中年の小太りの男がそばに座っていた。丸顔で、どことなく気の弱そうな印象があった。物腰もことばも柔和《にゅうわ》だった。

「おめえ、誰だ」

「茶碗屋の六兵衛《ろくべえ》と申します」

「茶碗屋が俺に何の用だ。なぜ、お勢のことを知っている」

「きょうの昼過ぎ、惣兵衛店で、おまえさんの吹き矢の妙技《みょうぎ》を拝見しましてね」

昼間、長屋の図々《ずうずう》しい女から、茶碗をまけろと要求されていた行商人だった。常吉が竹釘でナメクジを射抜いたのを見物していたらしい。

しらふのときだったら、常吉も「ああ、あのときの茶碗屋か」と思い出したかもしれないが、ぐでんぐでんに酔っているため、記憶は機能していなかった。

「おめえは誰だ」

と、同じ質問をぶっきらぼうに繰り返した。

相変わらず、おだやかな表情で、

「あたしは六兵衛でございますよ。お勢さんのことは、ここではあまり声高《こわだか》にしゃべらないほうがよろしいですよ」

と、そっと諌《いさ》めた。

常吉が声を荒らげた。

「お勢のことだとぉ。お勢は病気で死んだんじゃねえ。殺され……ううう」

ことばが途切れ、苦悶《くもん》のうめきが漏《も》れた。

脳髄《のうずい》まで響くような激痛である。

六兵衛が両手で、常吉の左腕をつかんでいた。離れた場所からは、ふたりは親しげに肩を寄せているかのようにしか見えない。

じつは、六兵衛は腕の関節をきめていたのだが、酔っている常吉にはいったいなにがなんだか皆目《かいもく》わからなかった。

「岡っ引の手下がいて、聞き耳を立てています。うっかりしたことは、しゃべらないほうがよいですよ」

「うう、お、おめえは誰だ」

「もう、お帰りなさい。あたしが、送っていきますよ」

「よけいなお世話だ……ううう、わ、わかった」

常吉は低くうめいた。

六兵衛がぐいと力をこめたのだ。

関節をきめられた痛みで、常吉のひたいに脂汗《あぶらあせ》が浮いていた。

ようやく、六兵衛が手を離した。

＊

常吉と六兵衛は連れ立って居酒屋を出た。

「勘定《かんじょう》はどうした」

「もう、すませましたよ」

いつのまにか、六兵衛がふたり分を支払っていたらしい。

「おめえに、おごってもらういわれはない」

「まあ、いいではありませんか」

「払う、いくらだ」

常吉が財布を取り出そうとした。

「あとで、あとで。道の真ん中で財布など出すものではありません」

と、六兵衛がなだめた。

竪川にそった道を歩く。

常吉は、足取りがおぼつかない。

「俺にかまうな。おい、俺についてくるな」

よろよろしながらも、悪態《あくたい》をついた。

「おや、危ない、危ない」

六兵衛がさりげなく常吉と腕を組んだ。はた目には酔漢《すいかん》を介抱《かいほう》しているかのように見えるが、いつでも関節技《かんせつわざ》に移れる体勢に違いなかった。

時々、六兵衛はそっと背後を振り返る。尾行《びこう》する者がいないかどうか、たしかめているかのようだ。

「うぷっ」

急に、常吉の足が止まった。

六兵衛が顔をのぞきこむ。

「どうしました」

手で邪険《じゃけん》に払いのけたあと、常吉が体をふたつに折った。

つぎの瞬間、ゲーッと足元に吐いた。

草履をはいた素足に、生温かい吐瀉物《としゃぶつ》が点々と散った。

あたりに、酸《す》っぱい異臭がただよう。

その臭いが引き金になり、さらに強烈な吐き気がこみあげてきた。常吉はもう地面にかがんでしまい、ゲエ、ゲエと吐き続けた。

目の端《はし》に涙が浮かんだ。

何度か吐いて、胃のなかは空っぽになっているはずなのに、吐き気はやまない。最後は、苦い胃液をしぼり出すようにして、吐いた。

提灯《ちょうちん》をさげた通行人が、そんな常吉を横目で見ながら、足を速めて通り過ぎる。みな顔をしかめていた。

やや離れて、六兵衛が静かに立っていた。さすがにちょっと眉《まゆ》をひそめていたが、さほど露骨《ろこつ》な嫌悪感を示すでもなく、辛抱《しんぼう》強くじっと常吉の吐き気がおさまるのを待っている。

「どうですか。少しは楽になりましたか」

六兵衛が腕を取って引き起こす。

「うむ、すまねえ」

常吉は相手が誰なのか、よくわかっていなかった。泥酔《でいすい》した自分を介抱してくれる、見ず知らずの親切な男と思っていた。

「住まいはどこですか」

「このちょいとさきの、長屋だ」

六兵衛にささえられ、常吉は竪川ぞいの通りを千鳥《ちどり》足で歩いた。

表通りに面して、紙屋と酒屋があった。二軒とも、すでに表戸を閉めていた。

「ここだ」

「そっと、なるべく音をたてないように」

紙屋と酒屋のあいだに、木戸が設けられている。

木戸口をくぐって、ふたりは路地にはいっていった。歩みにつれ、路地の中央部に敷《し》かれているドブ板がきしんだ。

狭い路地の左側には間口二間、奥行二間の長屋、右側には九尺二間の棟割《むねわり》長屋が続いている。

明りは消え、すでに住人のほとんどは寝ているようだった。それでも、どこやらから、赤ん坊の泣き声が聞こえてきた。

六兵衛が提灯《ちょうちん》で照らした。

左手の腰高障子《こしだかしょうじ》に、

屋根や　常吉

と書かれていた。

屋号であり、いわば表札でもあった。

腰高障子をあけてなかにはいると、狭い土間がある。土間の右手が台所になっていて、へっついが置かれていた。土間をあがると、六畳の部屋があった。

常吉は草履を土間に脱ぎ捨て、足も洗わずにそのままあがりこむと、ドサリと倒れ込んでしまった。

「おい、水をくれ。水だ」

と、怒鳴った。

「はい、はい。静かにしてくださいね。夜中に大きな声をあげては、近所迷惑ですから」

六兵衛は行灯に火をともしたあと、提灯の蠟燭《ろうそく》の火を消した。

台所の水瓶《みずがめ》から柄杓《ひしゃく》で水を汲《く》み、茶碗に入れて持参する。

「すまねえ」

常吉は半身を起こして、水をむさぼり飲んだ。口の端からだらだらと水がたれ、胸を濡らした。

飲み終えると、ふたたび畳《たたみ》の上に大の字になる。

「ふーっ」

「そのまま寝てしまっては、風邪《かぜ》をひきますよ」

六兵衛が枕屛風《まくらびょうぶ》の背後から夜着と枕を取り出してきた。常吉の頭の下に枕をあて、夜着を体にかけてやった。

「おめえさん、誰だか知らねえが、世話になったな」

「とんでもない」

「ここで……お勢と暮らすつもりだった。四畳半じゃぁ狭いと思ってな。思い切って六畳を借りたのよ」

語尾がふるえ、うるんだ。

静かに、六兵衛があいづちを打つ。

「そうでしたか」

「俺《おら》ぁ、親方の家の二階に住んでいたんだがよ。女房をもらうとなりゃあ、そうもいかねえやな」

「ふむ、ふむ、そうですな」

「炊事《すいじ》道具はほとんどないがね。所帯を持ってから、少しずつ買い足していくつもりだったのよ。それまでは、買い食いでもいいと思ってな」

「ふむ、ふむ、そうですな」

「あいつは女郎だから、どうせ料理なんぞはできないやな。もちろん、そのうちうまくなるだろうがね」

「そりゃあ、そうでしょうな」

「玉子焼が大の好物でな」

「そうでしたか」

「所帯を持ったら、飽《あ》きるまで、毎日でも玉子焼を食おうと思っていたのよ」

「そうでしたか」

「回向院《えこういん》の門前に、うまい玉子焼を売る屋台店が出ていてなぁ」

「ほう、ほう」

「そこの親父《おやじ》に、作り方を習えと言っていたのよ」

「なるほど」

「俺ぁ……」

なおも常吉は脈絡《みゃくらく》のないことを口走っていたが、その声が徐々にか細くなり、やがて鼾《いびき》をかき始めた。

「では、あたしはこれで」

寝姿に声をかけたあと、六兵衛は提灯に火をともした。

部屋の行灯の火を消し、そっと外に出て行く。

常吉の鼾がいちだんと高くなった。

六兵衛が忍び足で木戸口から表の通りに出ると、いつの間にか老人が待ち受けていた。

老人といっても、矍鑠《かくしゃく》としている。背筋は伸び、筋肉質のひきしまった体つきだった。

「どうでしたか」

「ちょいと手を焼きましたが、どうにか寝かしつけましたよ。女はどうなりましたか」

「回向院に葬《ほうむ》ることになりました。棒はあずかってきました」

と、老人がふところのふくらみを示した。

ふたりは肩を並べて、夜道を歩く。

「これまでのことを、お奉行と先生にお伝えしなければなりませんな」

「もうおそいですから、両方は無理ですな」

「ふたりで、手分けしましょう」

「では、あたしが新地《しんち》に行きましょう」

六兵衛が言った。

老人が答える。

「では、わしは根津《ねづ》に」

「あわただしいですな。今夜は、おちおち寝てはいられません」

「そうですな。このぶんだと、あすも、あわただしいですぞ」

ふたりは軽く一礼すると、その場で別れた。

第二章　根津岡場所

（一）

「おい、常公、いるか」

腰高障子を無遠慮にガラリとあけて顔をのぞかせたのは、仕事仲間の孫平である。

常吉はいちおう目は覚《さ》ましていたが、まだ横になったままだった。顔色は青白い。頰はげっそりとこけ、目の下には隈《くま》ができていた。無精《ぶしょう》ひげも目立つ。たったひと晩で、十歳くらい老《ふ》けたかのようだった。

孫平も常吉のやつれぶりを見て、さすがに息を吞んだ。かけるべきことばに迷っていたが、できるだけ気楽な調子で言った。

「おう、生きていたか。どうしたい、まだ寝ているのか。とっくにお天道様《てんとうさま》はあがったぜ」

「おめえか。気分が悪くてな。頭はガンガンするし、胸はムカムカするし。立ちあがると、目がまわる」

な」

「そうか。おめえが普請場《ふしんば》に姿を見せないんで、親方に様子を見てこいと言われて
「なにも喉《のど》を通らない。飲んでも、食っても、すぐに吐きそうだ」

「二日酔いだな。なにか食ったか」

「すまねえ。きょうは、とても仕事は無理だ。あすも、無理かもしれねえ」

「おめえが呑まずにいられなかったのは、わかるけどな」

しんみりと言って、孫平が上端《あがりはな》に腰をおろした。

いつになく、神妙な顔をしていた。

夫婦約束をしていた女が死んだという噂《うわさ》は、すでに耳にはいっていたようだ。

常吉が夜着をはねのけて上体を起こした。

「その後、どうなったか知っているか」

「うむ、おめえも気がかりだろうと思って、ちょいと聞き込んできたんだが」

「お勢はどうなった」

「人が殺されたとなると、お奉行所のお役人の検使《けんし》を受けなければならないからな。

面倒は避けたいということだろうよ。けっきょく、病気で死んだということにして、
けさ早く、両国の回向院に運ばれていったそうだぜ」

明暦《めいれき》三年（一六五七）の大火、いわゆる振袖《ふりそで》火事では、焼死者は十万数千人ともい

われた。幕府は引き取り手のない多数の遺体を両国の地にまとめて埋葬《まいそう》し、そこに無縁塚を築き、寺を建立《こんりゅう》した。これが、回向院の始まりである。

その由来から、回向院では災害などで死亡した身元不明の遺体を引き取り、供養《くよう》をおこなう。岡場所の女郎などの遺体も身元不明の行き倒れ人として引き取るため、いわば投込寺《なげこみでら》の一面もあった。

けっきょく、お勢の遺体は菰《こも》にくるまれたまま回向院に運ばれ、墓地の穴に投げ込まれたのだ。

「そうか……」

常吉は呆《ほう》けたように言った。

自分が泥のように眠っているあいだに、お勢は埋葬されてしまったのだ。

昨夜一晩で涸《か》れてしまったのか、不思議と涙は出なかった。胸にポッカリ穴が開いたような空虚感があった。お勢がもうこの世にいないことがどうしても信じられない。奇妙な感覚だった。

「元気出せよ」

などと、孫平がしきりになぐさめのことばをかけてきたが、常吉はほとんど聞いていなかった。

「寄ってたかって、お勢を無縁仏にしやがって」

体の奥底から、ふつふつと怒りがこみあげてきた。

お勢を殺害した侍はもちろんのこと切見世の親方の万介や、地廻やくざの権太と八五郎もひっくるめた、陰鬱《いんうつ》な怒りだった。

「このままではすませない。いまに、思い知らせてやるからな」

常吉は低くうなった。

孫平がなだめた。

「おめえの気持ちもわかるがよ。家のなかにじっとこもっていると、くよくよ考えてしまって、かえってよくないぜ。早く仕事に出てこいよ。仕事をしているほうが、気がまぎれるぜ」

「当分、屋根にのぼる気にはなれねえや。親方には、しばらく休ませてくれてと伝えてくんな」

「そうか。親方には伝えておくよ。それにしても、おめえ、ずいぶんやつれているぜ。なにか食ったほうがいい。寿司でも買ってきてやろうか」

寿司と聞いて、常吉は気色《けしき》ばんだ。

キッと、孫平をにらみつける。

すぐに、自分の勘違いに気づいた。

孫平にはなんの皮肉も悪意もない。純粋に友情から申し出ているのだ。

「ありがとうよ。せっかくだが、いらねえ。当分、寿司は見たくもねえや」

「そうか。じゃあ、俺はこれで帰るけどよ」

「わざわざ足を運ばさせて、すまなかったな」

「なぁに、いいってことよ」

「親方や、要助兄ぃによろしく伝えてくんな。休んでしまい、申し訳ない」

「伝えておくよ」

いったん腰を浮かせかけた孫平が、ふたたび座った。

「そうそう、おめえは寝ていたから知らないだろうが、松井町の河岸場《かしば》じゃあ、いま八丁堀《はっちょうぼり》の旦那や、岡っ引の清蔵《せいぞう》親分が出て、大変な騒ぎだぜ」

「どういうことだ」

常吉の眉《まゆ》があがった。

「人殺しよ」

と、孫平が聞き込んできた風聞を得々と披露《ひろう》した――。

竪川の両岸は河岸場になっている。

夜が明けるとまもなく、松井町の河岸場に繋留《けいりゅう》されていた荷舟《にぶね》に、商家の奉公人らしき若い男の死体がなかばのっているのが発見された。

上半身は水のなかに沈み、下半身が荷舟の上にのったかっこうだった。帯や着物が船べりに引っかかり、かろうじて体が水中に没するのをとどめていた。これが町奉行所の役人が乗り出すことにつながった。

というのは、江戸では掘割や川で死体が発見されても、見て見ぬふりをして放置することが多かった。水に浮いている死体はそのまま海に流れていくに任された。舟の船頭などは水路で死体を見ても、役人には届けない。棹《さお》で死体を押しやり、川の流れや引き潮にのるように仕向けることまでして、厄介払《やっかいばら》いをする。

ところが、死体がなかば荷舟の上にのっていたため、舟の持ち主や船頭もさすがにうやむやにはできず、役人に届けざるを得なかったという。

「――そんなわけで、八丁堀の旦那と清蔵親分が乗り出してきたわけだがね。男は胸を刺されていたようだ。殺して、竪川に放り込んだところ、たまたまそこに荷舟がつながれていて、体の半分がのっかってしまったのだろうよ」

自分の早耳に、孫平は得意そうだった。

常吉の目が光った。

「そうか、八丁堀の旦那と清蔵親分が松井町の河岸場にいるのか」

「じゃあ、俺はこれで帰るぜ」

「ああ」

孫平が帰ったあと、常吉は六畳間の真ん中にじっと座り込んでいた。

相変わらず偏頭痛《へんずつう》がして吐き気も去らないが、一筋の光明を見出した気がしていた。

＊

常吉は顔を洗ったあと、乱れた髪をどうにか自分でまとめた。着物を着替えているところに、ひょっこり中年の男が訪ねてきた。なんとなく見覚えのある顔だったが、はっきり思い出せない。

「気分はどうですかな」

男は遠慮がちに土間に立ち、はにかんだような笑みを浮べた。

「おめえさん、誰だね」

「おや、覚えていませんか。これは弱ったな。あれだけ酔っていたら、無理もありませんがね。じつは、あたしが昨夜、おまえさんをここまで送り届けたのですよ」

「えっ、そうだったのかい。そりゃあ、迷惑《めいわく》をかけちまって、すまねえ」

常吉はぺこりと頭をさげたが、昨夜のことはまったく思い出せなかった。

記憶がすっぽりと抜け落ちていた。それにしても、どこか見覚えのある男だった。

「見ず知らずの俺を送ってくれるなど、おめえさん、ずいぶんと親切だな」

「見ず知らずでもありません。あたしは茶碗屋です。じつは、きのうの昼間、惣兵衛店に商売に行ったとき、おまえさんを見かけました。竹釘の吹き矢も見物させてもらいましたよ」

「ああ、あのとき、長屋のかみさんに値切られていた茶碗屋さんかい」

やっと、常吉も納得がいった。

それにしても、昨夜の記憶が完全な空白であるにもかかわらず、それ以前のことはちゃんと覚えているのが不思議だった。

「茶碗屋の六兵衛でございます」

と、あらためて丁寧《ていねい》に腰を折った。

「茶も出せないが、よかったら、座ってくんな」

「では、おことばに甘えて」

六兵衛が上端に腰をおろした。

「おめえさん、惣兵衛店で見かけたというだけの縁《えん》で、酔っ払いの俺を介抱して、送ってくれたのかい」

常吉は感謝しているのはもちろんだが、やや釈然《しゃくぜん》としないものも感じていた。

「あれだけ酔っていると、心配ですからね。それに、お勢さんのこともありますし」

「お勢のこと……。おめえさん、お勢とどういうかかわりがあるんだい」

思わず、常吉が語気を強めた。

六兵衛が手で制した。

「静かに、静かに。お勢さんは気の毒でしたが、これから、おまえさんがどうするのか、気がかりでしてね」

「どうするかだって。野暮《やぼ》なことを聞くない。俺はこのまま泣き寝入りするつもりは、さらさらないぜ。ちょうどいま、松井町の河岸場にお奉行所のお役人と清蔵親分がいると聞いたところだ。お勢は病気で死んだのではなく、殺されたのだと訴えるんだ」

眉をひそめ、六兵衛がそっとため息をついた。

「さあ、悪いが、俺は出かけるぜ」

と、常吉が立ちあがる気配を見せた。

つぎの瞬間、「うっ」とうめきながら、畳に突っ伏していた。六兵衛がすっと両手で常吉の右腕をつかむや、肩の関節をきめたのだ。

「な、なにしやがるんだ」

常吉は畳に頬をすりつけてもがいた。

わけがわからなかった。あっというまに転がされ、もう、動きが取れない。温和な物腰のどこからそんな力が発せられるのか、信じられない思いだった。

そのとき、昨夜の苦痛がよみがえってきた。やはり、わけがわからないうちに関節をきめられ、動けなくなったのではなかったか。

「おまえさん、お勢さんの敵《かたき》を討《う》ちたくはないのですか」

「あたりめえだ、敵を討つさ。そのために、俺ぁ、これから八丁堀の旦那に会いに行くんじゃねえか」

「いけません。それでは、お勢さんの敵は討てません。殺したのは侍です。町奉行所のお役人は手を出せません」

「じゃあ、どうしろって言うんだ。このまま、指をくわえて、じっとしていろって言うのか」

「あたしが力を貸します。一緒に、お勢さんの敵を討ちましょう。いいですね」

六兵衛は耳元にささやいたあと、ゆっくり手を離した。

起きあがりながら、常吉は「フーッ」と大きく息を吐いた。全身から、熱い汗が噴き出す。それほど、肩の関節をきめられた痛みは強烈だった。

「おめえさん、いったい、何者だね」

「あたしは茶碗屋の六兵衛ですよ」

おだやかに答えると、目を細めた。

（二）

一《ひと》ツ目《め》之橋《のはし》のさきで、竪川と隅田川はつながっている。

六兵衛は、一ツ目之橋のたもとにある船宿《ふなやど》で舟を雇った。

舟に乗り込みながら、常吉は不安がないわけではなかった。それでも六兵衛に同行するのを承知したのは、「お勢の敵を討とう」という誘いに一縷《いちる》の望みを託したこともあるが、それ以上に、「どうせ、いまの俺には失う物はなにもない。行けるところまで行ってみるか」という、捨て鉢の気持ちのほうが大きかった。なかば開き直った気分だった。

舟は竪川から隅田川に出た。

常吉は舟に揺られていると、いったんおさまった吐き気がふたたびこみあげてくるのを覚えた。気を紛《まぎ》らすため、川岸の風景をながめる。

隅田川の川面《かわも》には、屋根舟、猪牙舟《ちょきぶね》、荷舟、それに大型の高瀬舟《たかせぶね》までがひっきりなしに行き交《か》っていた。

舟から見あげると、両国橋にも多くの人が行き交い、いつもどおりのにぎわいである。

ぼんやりとながめながら、常吉は世間がなにひとつ変わりなく動いていることに奇異な感じがした。それに、見慣れているはずの江戸の町がいつもとは異なり、妙にいびつに映った。日ごろは、屋根の上から見おろすことが多い。いまは逆に、低い位置から見あげているからであろうか。

両国橋の下をくぐり抜けたあと、舟は神田川《かんだがわ》にはいる。

「おめえさん、それほど力がありそうには見えないがね」

それまで景色をながめていた常吉が、視線を戻した。

六兵衛が頬をゆるめた。

「あれは、柔術《じゅうじゅつ》の技《わざ》でしてね。力ではありません。むしろ、相手の力を応用する技といいましょうかな。柔術を知らない人からすれば、摩訶不思議《まかふしぎ》な手品にかかったような気がするかもしれませんが、すべて理詰《りづ》めの技なのです」

「茶碗屋のおめえさんが、なぜ柔術なんぞができるのだい」

「おまえさんだって、竹釘の吹き矢ができるじゃありませんか」

「あんなものは、ただの遊びだよ。糞《くそ》の役にも立ちはしねえ」

「いえ、そんなことはありません。きっと役に立つはずですよ」

六兵衛は諭《さと》すように言った。

舟は神田川をさかのぼっている。

「いったい、俺をどこへ連れて行く気だね」

「黙ってついていらっしゃい。けっして、悪いようにはしません」

ことばは物柔らかなのだが、六兵衛は肝心《かんじん》のところになると固く口をつぐんでいる。

常吉もあきらめ、ふたたび視線を両岸の景色に戻した。

やがて、昌平橋《しょうへいばし》が見えてきた。

船頭がそれまでの櫓《ろ》から棹《さお》に切り替え、ゆっくり舟を桟橋に接岸させた。

「おーい」

と、船頭が大きな声で呼ぶ。

「へーい」

船宿から女中が飛び出してきた。

女中のはいた下駄で、桟橋がガタガタと鳴った。

「へい、お履物《はきもの》を」

船頭が、常吉の草履と六兵衛の下駄を桟橋にそろえた。

「お危《あぶ》のうございます」

と、女中が手を差し出して、ふたりを迎えた。

桟橋におり立った客は船宿に案内されて、茶を飲んで一服するのが普通である。

「ちょいと急いでいるから。帰りに、寄らせてもらうよ」

やんわりと、六兵衛は船宿で休憩するのを断わった。

すぐに、辻駕籠《つじかご》を二丁呼んだ。

「これからは駕籠で行きます。さあ」

うながされて、常吉は駕籠に乗り込む。

六兵衛が人足になにやらささやいていた。行先を指示しているのであろう。

「へい、承知。棒組、行くぜ」

「おう」

ふた組の人足がそれぞれ声を掛け合い、二丁の駕籠が動き出した。

常吉には、行先は依然《いぜん》として不明である。

＊

「お掛けなさい」

「お休みなさい、お煙草《たばこ》あがりませ」

と、女の声がする。

茶屋女が通行人に呼びかけているようだ。

三味線《しゃみせん》の音色も聞こえてきた。

常吉は駕籠に揺られながら、

「岡場所かな。とすると、昌平橋からこれくらいの道のりだと、根津《ねづ》だろうな」

と、見当をつけた。

根津神社（根津権現）の門前は、江戸でも有数の岡場所である。職人の客が多いことでも知られていた。常吉もかつて、仕事仲間と女郎屋に登楼《とうろう》したことがあった。

昼間六百文、夜四百文という四六見世《しろくみせ》が主流だったが、昼夜金一分《きんいちぶ》の上級女郎を置いた大見世《おおみせ》もあったし、手軽な切見世もあった。

駕籠が止まり、外に出た。

やはり、そこは根津神社に通じる参道だった。

参道の両側には、女郎屋が軒を並べていた。そのほか、料理屋や茶屋も櫛比《しっぴ》している。

常吉はあたりを見まわし、

「根津で最後に遊んだのはいつだったろうか」

と、つぶやいた。

お勢と馴染《なじ》みになる前のことである。もう、何年も以前のような気がした。町並みの印象もやや異なって感じられた。かつて遊んだときは、夜だった。いまは、明るい陽射しのもとでながめているからであろう。

六兵衛は人足に駕籠賃に酒手《さかて》を足した額を払ったあと、

「では、こちらへ」

と、常吉をうながす。

あとについて歩きながら、常吉は小料理屋か、茶屋の奥座敷にでも案内されるのであろう、あるいは、参道から横にはいった横丁にある仕舞屋《しもたや》かもしれない、と想像をめぐらしていた。

ところが、六兵衛が立ち止まったのは、明らかに四六見世と思われる建物の前だった。

「え、女郎屋」

常吉も唖然《あぜん》とした。

暖簾《のれん》には、紺地《こんじ》に白く「若竹屋《わかたけや》」と染め抜かれている。

「べつに女郎買いをするわけではありません。どうぞ、遠慮なく」

六兵衛はさっさと暖簾をくぐってなかにはいる。

やむなく、常吉も続いた。

広い土間があり、土間をあがると板張りの広間で、正面に二階に通じる階段が設けられていた。

「いらっしゃりませ。お見立《みた》てなさいますか」

と、若い者が土間の一画を示した。

そこには畳が敷かれ、屛風《びょうぶ》を背にして数人の女郎が座っていた。煙管《きせる》で煙草を吸っている女もいれば、隣り同士でなにやらしゃべっている女もいた。

お見立てとは、女郎の容姿をながめて、相手をきめることである。

「あたしらは、ご亭主に用があってね」

六兵衛は常吉をうながし、土間から板張りにあがりこむ。

板張りの左手に「お部屋」があった。楼主の居場所のことを、吉原では内所《ないしょ》（内証）、岡場所ではお部屋といった。

お部屋では、長火鉢のそばに小紋《こもん》の羽織を着た男が座っていた。年のころは四十の手前くらいである。細面《ほそおもて》で、目に強い光があった。楼主であろう。

客らしき若い男がふたりいた。ふたりとも袴《はかま》姿だが、武士のようではなかった。そばには、絵を描いた紙の束《たば》が置かれていた。しかも、ふたりは楼主に「先生」と呼びかけている。

六兵衛も「先生」と声をかけた。

楼主がうなずき、「どうぞ、こちらへ」と、六兵衛と常吉をいざなった。

「主《あるじ》の若竹屋《わかたけや》理助《りすけ》でございます」

と挨拶したあと、じっと常吉を見つめる。

まるで、体の内側まで見透《みすか》すかのような目付きだった。

「へい、常吉でございます。こちらの六兵衛さんに、まあ、その……」

常吉の挨拶はしどろもどろになった。

なんとも落ち着かない気持ちだった。

楼主の理助が六兵衛に言った。

「全員がそろうまでには、まだ間《ま》があります。その前に、ひと風呂あびてもらってはどうですかね。髪結床《かみゆいどこ》にも行ったほうがよいでしょう」

常吉の身なりがあまりにひどいのを見かねたようだ。

「若い者に案内させましょう」

と、理助が奉公人を呼ぼうとした。

六兵衛が言った。

「いえ、それにはおよびません。あたしが一緒に行きましょう。湯屋の場所は知っておりますので」

「では、そうしておくれ」

そのとき、若い者が、

「旦那さん」

と、小走りでやってきた。

客と女郎が悶着《もんちゃく》をおこしたのであろうか。妓楼であれば、騒動がおきるのはしょっちゅうである。

それを潮《しお》に、六兵衛が立ちあがる。

「まず、汗を流しましょう」

常吉は六兵衛にともなわれて、門前町にある銭湯に行くことになった。

人通りの多い門前町を、ふたり連れ立って歩く。

浴衣《ゆかた》をかかえた女とすれ違った。糠袋《ぬかぶくろ》を口にくわえ、手ぬぐいで耳をぬぐっている。銭湯帰りの芸者のようだ。

「あの若竹屋理助という人は、いったい何者だね。客も、おめえさんも、先生と呼んでいたが」

常吉が疑問を口にした。

いたずらっぽい笑みを浮かべ、六兵衛が答えた。

「あの人は、渓斎英泉《けいさいえいせん》先生ですよ。お部屋にいた客人は、お弟子さんでしょうな」

「えっ、まさか」

常吉も渓斎英泉の名声は知っていた。

美人風俗画を得意とする浮世絵師である。歌川《うたがわ》（安藤）広重《ひろしげ》と共作の『木曽街道六十九次』は代表作のひとつだが、枕絵師《まくらえし》としてのほうが有名であり、その真骨頂《しんこっちょう》は枕絵（春画）にあった。幕府をはばかり隠号《いんごう》を用いていたが、春本の挿絵《さしえ》を描かせては英泉の右に出る者はなかった。文章を書くのも得意で、春本も数多く執筆し、なかでも『枕文庫《まくらぶんこ》』は傑作と評されていた。ほかに、『无名翁随筆《むめいおうずいひつ》』などの著作もある。

「絵師の英泉先生が、なぜ女郎屋の主人に」

ようよう、常吉が言った。

「英泉先生は拗《す》ね者ですからな。若いころは、奇行や奇癖《きへき》も多かったようです。いや、いまもそうですかな」

六兵衛は愉快そうに笑った。

思いあたることがあるらしい。

「あたしも、くわしいことは知りませんが、親類の保証人になったばかりに借金を抱え込んでしまい、それを返済するため、商売を始めざるを得なかったようです。女郎屋がもっとも手っ取り早く稼《かせ》げるということでしょうか。まあ、普通の人間ならそんな突飛《とっぴ》なことは考えませんがね。奇人英泉ならではといえましょうな」

常吉はわけがわからなくなってきた。自分がどこに連れて行かれようとしているのか、途方《とほう》に暮れる思いだった。

（三）

銭湯を出ると髪結床に寄り、常吉はくずれたままの髷《まげ》を結い直し、ひげも剃《そ》ってもらった。

六兵衛と連れ立って若竹屋に戻ると、下女に一階の右手にある台所に案内された。

「雑炊《ぞうすい》を用意してございます」

常吉は風呂につかりながら、急激に空腹を覚え始めていたところだった。考えてみると、昨夜から、なにも食べていなかったのだ。

それだけに、雑炊はうれしかった。

台所の片隅に座り、常吉はフウフウと息を吹きかけながら、熱い雑炊をすすった。

小皿に味噌が盛られている。その味噌を雑炊にかき混ぜながら、飯粒を飲みくだしていく。飯の一粒一粒が、体の隅々に活力をよみがえらせていく実感があった。すでに、酔いの残滓《ざんし》も風呂で洗い流されていた。若いだけに、回復も早い。

「では、そろそろ」

食べ終わったのをみはからって、六兵衛がうながした。

ふたりが廊下伝いに奥に向かっていると、すれ違った若い者がニヤリと笑いかけてきた。

「お楽しみですな」

「ふふふ」

六兵衛は含み笑いで応じた。

若い者をやり過ごしたあと、六兵衛が常吉にささやいた。

「枕絵の取り引きをするという名目《めいもく》なのです。そうすれば、こっそり人が集まっていても、誰も怪しみませんからね」

「なるほど」

常吉はうまい口実だと感心したが、そもそもなぜこっそり人が集まらなければならないのかが不明だった。

建物の裏手は庭で、片隅に蔵《くら》があった。

濡れ縁からいったん庭におり、庭下駄をはいて蔵に向かった。

分厚い漆喰《しっくい》塗りの扉《とびら》を開いてなかにはいる。

常吉と六兵衛がはいったあと、扉は密閉された。

いったん扉が閉じられると、外の物音はまったく遮断《しゃだん》された。

内部は壁から金網製の蔵提灯《くらちょうちん》がつるされ、床《ゆか》にも燭台《しょくだい》が置かれて蠟燭《ろうそく》がともされているため、屋外と遜色《そんしょく》ないくらいに明るい。

花茣蓙《はなござ》が敷かれ、若竹屋理助こと渓斎英泉のほかに、数人が座っていた。みな町人のようである。

「あたしはおおよそのことを聞いているが、まだ知らない人もいる。最初から話してくださいな」

左右に座っている数名を見まわしながら、英泉が六兵衛に言った。

それを受け、六兵衛が経過を説明したあと、

「侍は逃げてしまい、行方《ゆくえ》は知れません。お勢さんは病死として、けさ、回向院に埋葬されました」

と、締めくくった。

「うーん」

と、蔵のなかにため息が漏《も》れた。

英泉が常吉に、射抜くような眼差《まなざ》しを向けた。

「おまえさん、殺した男の顔を見たということだが」

「はい、たしかにこの目で見ました。忘れようたって、忘れません」

常吉が侍とぶつかりそうになったいきさつを述べ、目撃した容貌《ようぼう》を説明した。

「なるほど。前後の状況に照らし合わせてみても、お勢さんを殺したのは、その侍に間違いありますまいな」

英泉はうなずいたあと、かたわらに準備していた筆と硯《すずり》、紙を手元に引き寄せた。

さらさらと筆を走らせる。

「こんな顔かね」

と、似顔絵を見せた。

常吉は驚愕《きょうがく》した。

さすが高名な絵師である。英泉が常吉の目撃談にもとづいて描いた男の顔は、昨夜の侍の特徴をよくつかんでいた。

「はい、よく似ています。ただ、もうちょっと鼻が細かったような」

「こうかね」

「もうちょいと、頬骨が高かったような」

「すると、これでどうかね」

何度か修正が繰り返され、似顔絵が完成した。

ほとんど生き写しだった。常吉は薄気味が悪くなったほどである。

英泉は完成した似顔絵を、その場の全員にまわした。

みなは無言のまま、似顔絵を見つめている。特徴を頭のなかに刻《きざ》み付けているかのようだった。

最後に、六兵衛に渡した。

「刷《す》り物にするわけにもいかない。一枚きりです。おまえさんに渡しておきましょう」

「はい、かしこまりました」

六兵衛はていねいに折りたたみ、ふところに収める。

絵の道具を片付けたあと、英泉が常吉に言った。

「これでようやく、おぼろげながら下手人《げしゅにん》がわかりました。おまえさんのおかげだ。これまで、誰も顔を見た者はいなくてね」

「これまで……とは、どういうことでしょう」

「おまえさんが顔を見た侍は、岡場所ですでに四人の女を殺《あや》めている。きのう殺害されたお勢さんは、五人目だった」

常吉は混乱してきた。話についていけない。それでも、懸命に頭のなかを整理しながら、問い返した。

「すでに四人を殺していたですって。しかし、あっしが初めて顔を見たのでしょう。これまで四人を殺したのがきのうの侍だと、どうしてわかるのです。それに、岡場所で女が四人も殺されれば、それなりに騒ぎになるはずです。そんな噂は耳にしたことはありませんがね」

「おまえさん、屋根葺きの職人とはいえ、なかなか頭の働きはいいようですな。気に入ったよ」

英泉は体を後ろにねじ向け、なにやら取り出して、膝の前に置いた。

擂粉木《すりこぎ》のような、五本の棒切れだった。

棒切れを示しながら、淡々《たんたん》と言った。

「端《はし》っこに、弐《に》、参《さん》、四、五と漢字で書かれていますね。一本には、なにも書かれていない。この棒切れはすべて、殺された女の陰門に挿《さ》し込まれていました。五と書かれたこの棒切れが、お勢さんに挿し込まれていた」

「えっ」

常吉は絶句した。

衝撃を受けたのはもちろんだが、お勢の死を満座のなかで辱《はずかし》められた気がした。たちまち、憤激《ふんげき》がこみあげてくる。そんな棒がなぜここに集まってきているのかも不審だった。自分がなにかの罠《わな》にかけられているのではないかという疑念が生じた。

「嘘だ」

と、叫んだ。

棒切れを荒々しく払いのけ、席を蹴《け》って立ちあがろうとした。

すばやく、横にいた六兵衛が常吉の腕の関節をきめた。

「落ち着いて、最後まで話をお聞きなさい。そのために、ここまできたのではありませんか」

　がっくりと、常吉が座り込んだ。

「おまえさんの気持ちはわかりますがね。ともかく、いきさつを語りましょう。庄三《しょうざぶ》郎《ろう》さん、お願いしますよ」

　英泉がかえりみて、うながす。

　庄三郎と呼ばれた男は三十代のなかばくらいだった。体は小柄《こがら》で、物腰も温厚だが、手の指は太く、たくましい。手先を使う居職《いじょく》の職人を思わせた。

　軽くうなずき、庄三郎が説明を始めた。

「最初の事件は去年の十二月、ここ根津でおきました――」

＊

　十二月初め、根津神社の門前町にある切見世で女が絞め殺された。陰部に擂粉木状の棒が突っ込まれていた。

　ことしになって、二月、護国寺《ごこくじ》門前の音羽町《おとわちょう》にある切見世で女が絞め殺された。陰部に突っ込まれた棒には「弐」と書かれていた。

　三月、赤坂田町《あかさかたまち》の切見世で女が絞め殺され、棒には「参」と書かれていた。

四月初め、四谷鮫河橋《よつやさめがはし》の切見世で女が絞め殺され、棒には「四」と書かれていた。犯人は武士のようだったが、犯行の時間帯は夜であり、しかも笠をかぶったり手ぬぐいで頰かぶりをしたりしていたため、はっきり顔を目撃した人間はいなかった。

殺害された四人の女はすべて、役人には届け出ず、病死として葬《ほうむ》られた。

そして、四月なかばのきのう、本所松井町の切見世でお勢が絞め殺され、棒には「五」と書かれていた――。

「根津、音羽、赤坂、鮫河橋と続き、ついに川向こうの本所に飛び火したわけです。

共通しているのは、

殺す相手は、岡場所の切見世の女。

殺しの手口は絞殺《こうさつ》。

殺したあと、陰門に数字を記した棒を挿し込む。

ですな。

これらのことから、五件の事件はすべて同一人物によるとみて間違いありますまい」

と、庄三郎が締めくくった。

常吉は呆然《ぼうぜん》とした。江戸でそんな連続殺人事件がおきていたなど、まったく知らなかったのだ。

それまで目を閉じていた英泉が、煙管の雁首《がんくび》でコンと煙草盆の灰落としをたたいて、灰を落とした。

「これまでのことで、いくつか判明したことがあります。

ひとつ目は、最初の殺しから二番目の殺しまでふた月以上の間隔《かんかく》があるが、それ以降は段々期間が短くなっている。最初の事件のあと、おそらく下手人はビクビクものだったに違いない。そっと息をひそめて、世間の動向をうかがっていたのであろう。

だが、事件が揉《も》み消されたらしいことを知り、自信を得た。それ以降、大胆になった。

ふたつ目は、最初の棒には『壱《いち》』と書かれていなかったこと。当初は、次々と女を殺すつもりはなかったことがわかる。ところが、最初の殺しで味をしめ、連続を意識したのであろう。殺しに魅入《みい》られたのかもしれない。

みっつ目は、岡場所でも大見世や四六見世ではなく、切見世を選んでいること。大見世や四六見世では、二階座敷にあがらねばならないし、若い者や遣手《やりて》などに顔も見られる。切見世だと顔を見られないし、女を殺したあとに逃亡しやすいからであろう。

あたしらも、五件目は川向こうの本所か深川《ふかがわ》の切見世であろうと予想し、本所は六兵衛さん、深川はこちらの庄三郎さんが警戒していたのですがね」

六兵衛が無念そうに、

「裏をかかれました。夜がふけてからであろうと思っていたのです。暮六《くれむ》ツ前後とは、予想もしていなかったものですから、あたしは夕方までのんきに商売をしておりました」

と、唇を嚙《か》んだ。

英泉が引き取り、

「しかし、日没前だったおかげで、常吉さんが侍の顔をはっきり見ることができた」

と言ったあと、常吉のほうを向いた。

「おまえさん、お勢さんの敵《かたき》を討ちたいかい」

「もちろんですよ」

「よし。あたしらは、おまえさんに力を貸しましょう。その代わり、おまえさんもあたしらに力を貸してほしい。似顔絵はできたが、これだけでは心もとない。いまのところ、おまえさんが唯一《ゆいいつ》の目撃証人だからね」

「なにをするのです」

「下手人をさぐりあて、捕《と》らえ、裁《さば》きにかけるのさ。できれば、『六』と書かれた棒は見たくない」

常吉は半信半疑だった。

というより、不安を覚え始めていた。いったい、この蔵に集まっている面々《めんめん》は何者なのだろうか。

「悪人を捕らえ、お裁きを下すのは、お奉行所の役目ではありませんか。あっしも、おめえさんがたも、ただの町人ですぜ。町人が侍を捕らえ、裁きをするっていうんですかい」

「そうだ」

英泉がきっぱりと言った。

唖然《あぜん》として、常吉は返すことばがなかった。

ふたたび、庄三郎が静かに語り始める。

「これまでたびたび、岡場所は取り潰《つぶ》しになっております。そのことからお話しましょう――」

公許の遊廓である吉原に対し、幕府の正式な許可を得ていない私娼地帯を岡場所といった。

格式を誇る吉原は遊びになにかと手間がかかり、高くついた。しかも、江戸の中心部からは離れた辺鄙《へんぴ》な場所にある。

いっぽうの岡場所は江戸の市中に点在《てんざい》するため便利であり、値段も安かった。

いきおい、男たちは吉原を敬遠《けいえん》し、手軽な岡場所で遊ぶようになった。紀文大尽《きぶんだいじん》こと紀伊国屋文左衛門《きのくにやぶんざえもん》や、奈良茂《ならも》こと奈良屋茂左衛門《ならやもざえもん》などの豪商が吉原で湯水のように金を使ったのはすでに百年も昔のことである。吉原はしだいに凋落《ちょうらく》していった。危機感を覚えた吉原の楼主たちはしばしば、岡場所を取り締まるよう幕府に嘆願した。

天明《てんめい》七年（一七八七）、松平定信《まつだいらさだのぶ》が幕府老中となり、華美軽薄に流れた風俗の綱紀《こうき》粛正《しゅくせい》を命じた。いわゆる寛政《かんせい》の改革である。

この寛政の改革で、本所入江町《いりえちょう》、こんにゃく島、芝神明境内《しばしんめいけいだい》、高輪牛町《たかなわうしまち》、両国回向院前、上野山下《うえのやました》などにあった岡場所は風紀を乱すとして、すべて取り払いとなった。これで、吉原は息を吹き返した。

寛政五年（一七九三）、松平定信が老中を辞任することで、寛政の改革は終了した。その後、江戸の各地に雨後の筍《たけのこ》のように岡場所が復活し、寛政の改革以前にもまさる隆盛をみせた。そのあおりを食うのは吉原である。

戯作者の式亭三馬《しきていさんば》は、その日記『式亭雑記』の文化《ぶんか》八年（一八一一）五月六日の項に、

「此節《このせつ》吉原は甚《はなはだ》不景気也《なり》……三馬想《おも》ふに、四五年前に比《ひ》しては、遊女の数も少《すく》く、名妓といふべきもの、半《なかば》は減《げん》じたり……」

と書いた。

文化年間にはいってから、ふたたび吉原の凋落が目立ち始めたことがわかる。

文政《ぶんせい》年間になり、立て続けに事件がおきた。

隅田川沿いの、幕府御船蔵《おふなぐら》の裏手に、安宅《あたけ》と呼ばれる岡場所があった。現在の東京都江東区新大橋のあたりである。

文政四年（一八二一）、旗本三人が連れ立って安宅で遊んだとき、地廻やくざと喧嘩になって、ひとりが殴り殺された。

幕臣が死んだとあっては、町奉行所の同心《どうしん》も乗り出さざるを得ない。

じつは、町奉行所は岡場所に対して見て見ぬふりをしていた。しかし、いったん事件が公《おおやけ》になると、非合法の存在を認めるわけにはいかない。吉原からのたびたびの嘆願の手前もある。町奉行所も岡場所に強硬手段をとるようになった。

安宅に役人が乗り込み、旗本を殺したやくざ者を召し取ったのはもちろんのこと、岡場所関係者も一網打尽《いちもうだじん》にした。

隠し売女《ばいた》を置いて営業していたのは不届きとして楼主たちは処罰され、女たちはみな吉原に送られ、懲罰《ちょうばつ》として三年間のただ働きを命じられた。

かくして、安宅の岡場所は取り払いとなった。

その数年後には、麻布宮永町《あざぶみやながちょう》にあった藪下《やぶした》と呼ばれる岡場所で事件がおきた。

筑後久留米《ちくごくるめ》（福岡県久留米市）藩有馬《ありま》家の中間数人が藪下で遊んだとき、ちょっとした口論に端を発して暴れ出し、女郎屋をたたき壊すという騒ぎになった。役人が乗り出してきた。関係者が処分を受けたのは安宅と同じである。けっきょく薮下は取り払いとなった。

「――岡場所はいかに繁盛していても、お上《かみ》の鶴《つる》の一声《ひとこえ》でいつ廃止されるかもしれない危うさと隣り合わせなのです。累卵《るいらん》の危《あや》うきにあるといいましょうかな。人殺しが連続していることが世間に知れ、町奉行所のお役人が乗り出してくる事態になれば、けっきょく岡場所自体が取り潰しの目に遭《あ》うのですよ」

庄三郎が語り終えた。

「安宅や薮下の轍《てつ》を踏んではなりません。そのため、お役人には頼らず、あたしらで下手人を追い詰めるのですよ」

英泉が言った。

憤然《ふんぜん》として、常吉が言い返した。

「ちょっ、ちょっと待ってください。それは、岡場所の楼主の都合でしょうよ。あっしは、松井町の切見世が取り潰しになろうと、ちっともかまいませんぜ。ついでに親方の万介や、やくざ者もまとめて牢屋《ろうや》にぶち込んでもらえれば、せいせいしますさぁ」

「女もみな召し取られ、吉原に送られるのですぞ」

押し返すように英泉が言った。

そばから六兵衛が、

「お勢さんと親しかったお兼さんも、お銀さんも、お玉さんもみな召し取られ、吉原でみじめなただ働きをさせられるのですぞ。亡《な》くなったお勢さんは、それを喜ぶでしょうか」

と、付け加えた。

常吉もさすがにことばに詰まった。

嚙《か》んで含めるように、英泉が続けた。

「それに、町奉行所の役人は士分には簡単に手を出せません。士分でも、浪人や諸藩の藩士は町なかで召し取ることができます。しかし、藩士がいったん屋敷のなかに逃げ込んでしまうと、役人は大名屋敷に踏み込むことはできません。引き渡しを求める交渉はややこしい。まして、旗本や御家人など幕臣は、お目付《めつけ》の支配で、町奉行所の管轄ではありません。じれったいかぎりですがね。

要するに、役人に頼っても埒《らち》が明かないのです。そもそも岡場所などがあるのが悪いとばかり、取り潰しになって一巻の終わりということにもなりかねません」

常吉はもう反論できない。歯を喰いしばった。

みな押し黙っている。

蔵のなかを、重苦しい静寂が支配した。

＊

「わかりやした。しかし、本当にあっしら町人がお侍を捕らえ、裁くことなんぞ、できるんですかい」

常吉はほぼ気持ちは固まっていたが、最後にたしかめたかった。

「できる。おまえさんがその気になれば、必ずな」

英泉は力強くうなずいた。

そのあと、語調を変えた。

「おまえさんは、吹き矢の名人だそうだね。じつは、ここにお集まりのみなさんはそれぞれ、異能《いのう》の持ち主でしてね。あたしは、絵を描くぐらいしか能がないのですが。そこで、ちょいと、おまえさんの吹き矢の妙技を見物させてくれないかね」

「見せたくても、道具がなければ」

「平治《へいじ》さん、用意はできていますか」

「はい、ここに」

かなり高齢の男がだみ声で返事をして、木箱を常吉の前に押しやった。

木箱には、竹釘がつまっていた。

年齢にもかかわらず、平治は顔も胸もよく日焼けし、贅肉《ぜいにく》のない筋肉質の体つきだった。外を歩きまわる稼業《かぎょう》であることをうかがわせた。じつは、昨夜、常吉を寝かしつけた六兵衛が長屋の木戸口から外に出たとき、通りで待ち受けていたのが平治だったのだが、もちろん常吉は知らない。

「これを宙に放り投げるが、できるかね」

平治がふところから大福餅《だいふくもち》を取り出し、かざして見せた。

「やってみやしょう」

常吉は竹釘を数本、手にとって感触をたしかめた。

口に含んで、うなずく。

「ほれッ」

と、平治が大福餅を宙に放り投げた。

ヒュ、ヒュ、ヒュと、竹釘が常吉の口から発射された。

落ちてきた大福餅を、平治が器用に片手で受けとめた。そこに、まるでとどめを刺すかのように、最後の竹釘が突き刺さった。

思わず平治も「うっ」とのけぞり、あやうく大福餅を取り落としそうになった。

大福餅には全部で四本の竹釘が刺さっていた。空中で三本、平治の手のひらの上で一本が命中したことになる。

「ほう、見事なものだ」

みなは嘆声を発した。

平治は四本の竹釘を丁寧《ていねい》に抜いたあと、

「では、いただきますかな」

と、大福餅にかぶりついた。

蔵のなかに静かな笑いのさざ波が広がる。

英泉が顔つきをあらためた。

「おまえさんの妙技は、いずれ役に立つときがあろう。つねに、竹釘をふところに忍ばせておくことだね。

さて、みなで知恵を出し合い、これまでのことを考え合わせてみたのですがね。

岡場所の女を殺した侍は、諸藩の藩士ではあるまい。大名屋敷は門限がきびしく、暮六ツには表門が閉じられる。ある程度の融通《ゆうづう》は利《き》くとしても、しょっちゅう夜中に出歩くわけにはいかない。根津、音羽、赤坂、鮫河橋はすべて夜だった。

となると、幕臣。

昨日は異例で、日没前後だったわけだが、侍は本所のどこかに住んでいるのかもしれない。松井町なので、つい早く着いてしまったというわけであろう。

以上のことから、おそらく本所あたりに住む小身《しょうしん》の旗本か、御家人《ごけにん》とにらんでいるのですがね。もちろん、浪人ということもあり得るわけですが」

「あっしは、きのうちらと見た感じでは、浪人ではないような気がします」

と、常吉が印象を述べた。

「すると、やはり旗本か御家人でしょうな。

さて、侍がつぎに狙《ねら》う場所についてですが。江戸に岡場所は多いですが、切見世があるのは限られています。おそらく、つぎは深川でしょう」

淡々《たんたん》と述べられたその予想に、常吉は背筋が冷えた。

さらに女が殺されると断言しているに等しい。

英泉が続けた。

「おまえさんは侍の顔を知っています。夕暮れまでに深川に出向き、岡場所を見張ってほしいのですよ。仕事を早目に切りあげたり、休んだりしなければならないかもしれませんが、親方や仕事仲間もお勢さんのことを知っているから、さほど不自然には思いますまい。もちろん、おまえさんの日当分くらいの金はこちらで用意させていただきます」

「日当をいただけるなら、あっしは仕事を休んでもいっこうにかまいません。それに、本所に住んでいるらしいとまで見当がついているのなら、昼間、あっしは本所をくまなく歩きますよ。どこかで、侍を見かけるかもしれません」

六兵衛が口をはさんだ。

「それは、あまり期待しないほうがよいですぞ」

「なぜです。犬も歩けば棒にあたるとか言いますぜ」

常吉が喰ってかかる。

「おまえさんの気が晴れるなら、そうしてもよいですがね」

あえて六兵衛も反論しなかった。

英泉が話を戻し、

「ともかく、日が暮れる前に、深川に行ってもらいます。深川では、庄三郎さんの指示に従ってください。また、あちこちを探索《たんさく》して歩くに際しては、六兵衛さんや平治さんと打ち合わせてください。おふたりは、隠密廻《おんみつまわ》りだから」

と、愉快そうに笑った。

いよいよ常吉は不審がつのる。

「お勢の敵を討ったためです。また、これ以上、同場所で殺しがおきないようにするためです。となれば、あっしは喜んで仕事を休みましょう。しかし、おめえさんがたは、いったい何者なんですかい。まだ、肝心《かんじん》のことは教えてもらっていませんぜ」

「それは後日、必ずきちんとお話しすることを約束します。しかし、いまは侍をさがすことが先決です。これを、お渡ししておきましょう。つねに肌身離さず、身につけておいてください」

英泉が木札を取り出した。

大きさや形は、大名屋敷に出入りする商人が渡される鑑札《かんさつ》に似ていた。表には、篆《てん》書《しょ》の書体でなにやら漢字が書かれていた。

常吉も子供のころ寺子屋にかよった。いちおうの読み書きはできるが、むずかしい漢字はお手上げである。まして篆書となると、まったく判読できない。奇怪な文様にしか見えなかった。

「なんと書いてあるのです」

「闇《やみ》という漢字ですよ。いざというときは、切見世の親方や、女郎屋の楼主にこの鑑札を見せるとよいでしょう」

常吉はちょっと子供だましのような気がしたが、

「はい、ふところか袖に入れておきやしょう」

と、いちおう素直に受け取った。

「おまえさんも、きょうは疲れたでしょう」

と、六兵衛が常吉をうながし、蔵から出る。

分厚い扉が閉じられたあと、待ちかねたように平治が口を開いた。

「けさがた、常吉のことを調べてまいりました」

そう前置きをして、常吉の仕事場や長屋における評判を報告した。

もし常吉が聞いていたら、その詳細な内容に仰天《ぎようてん》したかもしれない。本人が驚くくらい、その人となりから身元にいたるまで克明《こくめい》に調べあげられていたのだ。

英泉と庄三郎が顔を見合わせ、

「あの男、見込みがあるかもしれませんな」

「役に立ちそうです。さっそく、お奉行にもお伝えしておきます」

と、感想を述べた。

第三章　深川七場所

（一）

根津の若竹屋の蔵で、渓斎英泉らに会った日の翌日である。

常吉は朝から、本所の武家屋敷の一帯をひたすら歩きまわっていた。

本所には、陸奥《むつ》弘前《ひろさき》（青森県弘前市）藩津軽《つがる》家の上《かみ》屋敷があるが、大名屋敷のほとんどは下《しも》屋敷である。あとは、下級旗本と御家人の屋敷がびっしりと建ち並んでいる。

（必ず、見つけ出してやる。あの面《つら》は、死んでも忘れるもんか）

当初、常吉は意気込んでいた。

もし道で見かければ、そっと尾行して屋敷を突き止めるつもりだった。

だが、歩いているうちに、はやる気持ちはしだいにしぼみ始めた。

歩き疲れたこともあるが、やはり、武家地をただやみくもに歩いて人さがしをすることの限界を感じたのだ。

高い塀に囲まれた大名屋敷はもちろんのこと、微禄《びろく》の幕臣の屋敷であっても周囲は板塀で囲まれている。なかをのぞき込むことはできない。まして、「こちらに、こういう人がいますか」と質問してまわることは不可能だった。

たまたま、相手が屋敷から出て道を歩いているところに遭遇《そうぐう》するというのは、一ヵ月間毎日かよいつめても、あるかないかの偶然であろう。いや、一年かけても無理かもしれない。敵討《かたきう》ちが敵の姿を求めてあてもなく歩き、むなしく月日を送るのに似ている。

六兵衛は茶碗の行商で方々を歩いているだけに、武家地の様子もよく知っていたのであろう。やみくもに武家地を歩きまわっても、けっきょくは「労《ろう》して功《こう》なし」である。それよりは、深川の岡場所に的《まと》をしぼり、そこで待ち受けたほうがはるかに確率は高いということを伝えたかったのであろうが、気負《きお》っている常吉を見て、とりあえず気のすむようにさせたのかもしれなかった。

常吉もようやく、六兵衛の「あまり期待しないほうがよいですぞ」という忠告が理解できた。

「それはそうかもしれないが……」

つぶやき、常吉は唇を嚙んだ。

無駄だからといって、長屋でのんべんだらりと寝転がっている気分にはとうていなれない。万に一つの僥倖《ぎょうこう》であっても、やはりそれを期待して、ひたすら武家地を歩くほうがまだしも気がまぎれる気がした。

そのとき、背後で、

「紙屑《かみくず》はございませぬか、屑《くず》ぃ、屑ぃ。古金買《ふるかね》おう」

というだみ声がした。

常吉が何気なく振り返ると、紙屑買いの老人だった。

紙屑買いは金物《かなもの》も買い取るため、「古金買おう」と付け加える。天秤棒で、前後に方形の竹籠をかついでいた。着物を尻《しり》っ端《ぱし》折《ょ》りし、色あせた紺の股引《ももひき》をはいている。

老人がニヤリと常吉に笑いかけてきた。

昨日、若竹屋の蔵で、吹き矢の的の大福餅を空中に投げあげた平治だった。

「おめえさん、紙屑買いが商売でしたか」

常吉が近寄った。

依然として疑問が晴れなかった。

茶碗屋の六兵衛にしても、この紙屑買いの平治にしても、さらには浮世絵師で女郎屋の亭主の渓斎英泉にしても、いったいどういう役回りなのだろうか。

（そういえば、今夜会う庄三郎は三味線《しゃみせん》屋の主人ということだが……）

そんな常吉の屈託《くったく》を読んだかのように、平治が言った。

「まあ、歩きながら話をしましょう。どうですかね、お武家屋敷の一帯をまわってみて」

「思ったようにはいきません」

常吉は正直に、ほとんど成果は得られそうにないと答えた。

「それがわかっただけでも成果ですよ」

平治がなぐさめた。

そのとき、武家屋敷の通用門があいた。

「おい、おい、紙屑を売りやしょう」

中年の男が半身を出した。

思わず、常吉はその顔を注視する。

昨日の侍ではなかった。

下男のようである。

板葺《いたぶ》き屋根の柱は傾きかけ、いかにも貧窮《ひんきゅう》した小身の幕臣の屋敷とわかる。

紙屑買いの呼び声を聞きつけ、主人の反故《ほご》紙などを持ち出してきたのであろう。

下男は、竹製の屑籠《くずかご》いっぱいに詰め込んだ紙屑を見せながら、

「さあ、これだ。いくらに買わしゃる。値をよく買わなくっちゃあ、売らねえぜ」

と、暗にほかにも紙屑買いはたくさんいることを示して、強気だった。

「はい、はい、精一杯の値で買わせていただきます」

平治は如才《じょさい》ない返事をした。

天秤秤《てんびんばかり》を取り出し、紙屑の重さを測る。

「百七十に買いましょう」

「俺ぁ、二百五十文くらいに売ろうと思ったが、おおきに違う。せめて、もちっと高くならねえか」

「百七十でも付け過ぎたようでございます」

「それなら、なかを取って、二百に買わっし」

悩んだあげく、平治が、

「うーん、仕方がござりませぬ。二百にいただきます。これでは、わしの損でございますな。その代わり、次もよろしくお願いしますよ」

と、次回に望みをつないで一大決心をした。

ふところから二百文を取り出し、渋々《しぶしぶ》という手つきで下男に渡す。

下男はその値段に満足したのか、満面に笑みを浮かべて引っ込み、すぐに通用門を閉じた。

「お武家屋敷はあんなものです。なかの様子は、外からはほとんどわかりません」

平治が淡々と言った。

その口調には、下男にしてやられたという悔《くや》しさは微塵《みじん》もない。二百文という買い取り価格は、実際にはじゅうぶん満足のいくものなのであろう。

連れ立って歩きながら、常吉が尋《たず》ねた。

「買い取った紙屑はどうするんですかい」

「あたしらが集めた紙屑を買い取る親方がいましてね。その親方がまとめて、千住宿《せんじゅしゅく》の紙問屋に送ります。千住あたりの百姓は、副業に紙漉《かみす》きをやっていますからね。連中が紙屑を漉《す》き返して悪紙《わるがみ》、つまり便所の落とし紙などを作るのですよ。江戸から送られた紙屑が、千住あたりで落とし紙に生まれ変わり、また江戸に戻ってくるわけですな」

「なるほど、そうでしたか」

常吉は初めて知る事実だった。

「さて、あたしはきょう一日、本所界隈《かいわい》をまわるつもりですがね。もちろん、似顔絵の侍をさがしているのですが、あたしの場合は商売を兼ねているから、無駄がない。おまえさん、これからどうするね」

「未練がましいようですが、もうちょいと、本所をひとりで歩いてみますよ。日が暮れる前には、きのうの打ち合わせの通り、深川に行きやす」

「そうしてください」

「では」

ふたりは軽く頭をさげ、別れた。

ひとりになったとたん、平治が声を張りあげた。

「紙屑はございませぬか。屑ぃ、屑ぃ、屑はござい、古金買おう」

その声が、しだいに遠ざかっていく。

（二）

日が暮れる前、常吉は深川に着いた。

訪ねるのは仲町《なかちょう》である。正式な地名は深川永代寺門前《えいたいじもんぜん》仲町だが、一般には深川仲町、あるいはたんに仲町ということが多い。

いまや、仲町は歓楽街として吉原をしのぐにぎやかさと繁盛《はんじょう》を誇っていた。通りにあふれている人々はほとんど町人で、武士の姿はさほど目立たない。深川が町人の町であることをうかがわせた。

（これだと、侍はすぐに目につくな）

常吉はちょっと安心した。

左褄《ひだりづま》を取った芸者のあとから、三味線箱を肩にかついだ男がついていく。料理屋に呼ばれて行くところであろう。

あちこちから、三味線の音色が流れてくる。料理屋の二階座敷では、はや宴たけなわのところもあるようだ。

「あじ、あじ」

と唱《とな》えながら、天秤棒で盤台《ばんだい》をかついだ男が人ごみを押し分けて行く。夕鯵《ゆうあじ》売りだった。

その日の日中に獲《と》れた活《い》きのよい鯵を売りさばくのだ。

(ああ、鯵で一杯やりたいな)

常吉は鯵が大好きだった。刺身で食ってもよし、焼いてもよし、煮てもよし。鯵を肴《さかな》に酒を呑むとき、しあわせを感じた。

道端には露天商も多い。筵《むしろ》を敷いた刃物研《と》ぎの横では、菓子屋が木の台の上に駄菓子を並べていたし、その横では餅を売っていた。

柿染《かきそ》と呼ばれる、渋染《しぶぞ》めの仕着せを着た男が、船頭に案内されながら料理屋にはいっていく。猪牙舟で仲町の河岸場に着いたのであろう。

縮緬《ちりめん》の前垂れをした、数名の女中が飛び出してきて、

「おや、常さん」

「常さん、いらっしゃりませ」

と、嬌声《きょうせい》をあげて歓迎した。

上客であることがうかがえる。

常吉は、思わず足を止めそうになった自分に苦笑した。

(柿染を着ているとなれば、あの常さんは新川《しんかわ》あたりの酒問屋の番頭か手代だな。俺とは大違いだ)

掘割の新川の両岸には、上方《かみがた》の灘《なだ》や伏見《ふしみ》から舟で運ばれてくる「下《くだ》り酒」をあつかう酒問屋の蔵が連なっていた。新川の酒問屋の番頭や手代は金回りがよく、深川では上客というのは、常吉も聞いたことがあった。もちろん、番頭や手代の給与が破格ということではない。みな、いわゆる接待交際費をふんだんに使えるのだ。

別な料理屋の入口では、女中が船頭に嫌味《いやみ》を言っていた。

「おや、倉《くら》どんか。よく来たの。おめえさん、よく道を忘れねえの」

「アイサ、聞きながら来やした」

「おらが内なんざァ、七夕《たなばた》にしておくのがよいのさ」

「年に一度はひどい。俺が来たくっても、お客が来《こ》ねえものぉ」

「ふむ、そうだろうよ。このごろは、おめえさんの道は土橋《どばし》ということった」

「よしねえ。あんまりいじめると、涙が出らァ」

倉どんと呼ばれた船頭は、久しぶりで客を案内してきたようだ。

深川は掘割が縦横に走っているため、江戸の各地から遊びに来る客は舟を利用することが多い。深川の遊里では、船宿は吉原の引手茶屋《ひきて》の役割を果していた。船頭はさしずめ、引手茶屋の若い者の役回りだった。

煎《い》り酒のこうばしい香りが通りに流れ出ている。

三人の女郎が、「尾花屋《おばなや》」という大暖簾を掛けた料理屋にはいって行くところだった。あとから、若い者が仕懸文庫《しかけぶんこ》をかついで従う。仕懸文庫は、女郎の着替えを入れた箱である。

「ここが、あの有名な尾花屋か」

常吉もその名称だけは聞き知っていた。

通りの反対側を見ると、梅本、山本という料理屋が隣り合って並んでいた。

尾花屋、梅本、山本は仲町でも屈指《くっし》の料理屋である。ということは、深川屈指の料理屋でもあった。

「まあ、俺には縁のないところだ」

べつに自嘲《じちょう》でも反発でもなかった。

常吉は日ごろから、職人が酒を呑むのは居酒屋でじゅうぶんと思っていた。尾花屋などの高級料理屋で遊びたいなど、とくに願ったことはなかった。

しばらく歩くと、鰻《うなぎ》の蒲焼《かばやき》のにおいがただよってきた。

見ると、

めいぶつ大かばやき

という看板がかかっている。

その食欲を刺激するにおいに、思わず常吉は生唾《なまつば》がわいた。昨日の二日酔いが嘘のようである。体調は完全にもとに戻っていた。

＊

「ここだな」

常吉は軒先につるされた看板をながめた。

長さ二尺五寸（約七五センチ）ほどの看板には、三味線と撥《ばち》の形が浮き彫りになっていた。棹《さお》は黒く、胴《どう》と撥は白く塗られている。かたわらに、「御琴三味線所」と書かれていた。

店先にかかった紺地の暖簾には、

御琴三味線師

柏屋《かしわや》庄三郎

と白く染め抜かれている。

道に立ってながめると、店の奥の壁に琴がいくつも立てかけられ、三味線がつるされているのが見えた。片隅では、職人が黙々と琴板を削り、もうひとりは三味線の胴を作っていた。俗に三味線屋というが、三味線だけでなく琴も製作するのが普通である。

主人の庄三郎は、芸者らしき婀娜《あだ》っぽい女の応対をしていた。昨日、根津で岡場所の安宅と藪下が取り払われたいきさつを説明した男である。

「三味線はきょう、いるのでございますわね」

芸者が柳眉《りゅうび》を逆立《さかだ》てた。

庄三郎はいかにも恐縮の体《てい》で、

「さきほど、小僧にお届けにあがらせました。それじゃあ、おおかた、行き違いになりましたのでございましょう。申し訳のないことで」

と、やんわり相手の早とちりを指摘した。

「おや、それじゃあ、わちきの留守に届いたんでございますね。では、堪忍《かんにん》してあげましょう。ホホホ」

口元に手をあて、芸者は照れ笑いをした。

「堪忍してもらえるなら、ありがたいことでございます。まあ、弾《ひ》いてごらんなさいまし。弾きよくなったはずでございますよ。それに、糸巻きに少し傷がありやしたから、取り替えておきましたよ」

「それは、ありがとう」

それまで腰をおろしていた上端《あがりはな》から立ちあがり、芸者がそそくさと去る。

三味線の修理を頼み、それを受け取りに来たところ、柏屋では気をきかせて丁稚小僧に命じて芸者置屋に届けさせたため、行き違いになったのだった。

「どうぞ、おはいりなさい」

庄三郎が声をかけた。

客の相手をしながらも、店先にたたずむ常吉に気づいていたようだ。

土間に草履を脱ぎ、上にあがった常吉は奥の座敷ではなく、帳場にいざなわれた。

なまじ奥座敷だと、かえって人の注意を引く。ふたりで向き合って帳場で話をしているぶんには、傍目《はため》には商用に見える。職人たちは板を削ったり、木槌でたたいたりして音を立てているし、外の通りの喧騒《けんそう》が流れ込んでくるため、かえって内密の話し声も聞こえないはずというのが庄三郎の狙いであろう。

「芸者ですかい」

常吉が、たったいま出て行った女に言及した。

「はい、羽織《はおり》です。時々、ああいうやかましいのがいまして、ねじ込んできますからな」

深川では芸者のことを羽織、幇間《ほうかん》のことを太夫《たゆう》といった。

庄三郎が深川の切絵図を広げた。

「まずは、深川の岡場所について、ざっとお話しておかねばなりますまい。『深川七《なな》場所』ともいわれており、深川には七ヵ所の有名な岡場所がございます。そのうちでも、仲町が筆頭でしてね。女郎の揚代《あげだい》も、もっとも高いですな」

仲町に店を構えていることに誇りを持っていることがうかがわれた。なんといっても、仲町は深川でもっとも繁華《はんか》な地だった。

そのとき、下女が来客と見て、茶を持参した。

下女が去るまで、話が途絶《とだ》えた。

店のなかでしきりに三味線の音がするが、曲にはなっていない。職人が音色をたしかめるため、ためし弾《び》きをしているのだ。

弾いて見てまだ首ひねる三味線屋

という川柳を髣髴《ほうふつ》とさせる情景だった。

＊

指先で絵図上に場所を示しながら、庄三郎が説明を始めた。

「深川七場所というのはあくまで語呂《ごろ》合わせでして、小さな場所まで含めますと、岡場所は実際には七ヵ所よりもたくさんございましてね——」

深川には仲町、大新地《おおしんち》、小新地《こしんち》、土橋《どばし》、表櫓《おもてやぐら》、裏櫓《うらやぐら》、裾継《すそつぎ》、古石場《ふるいしば》、新石場《しんいしば》、佃《つくだ》（別名あひる）と呼ばれる岡場所があった。大新地と小新地をまとめて新地、表櫓と裏櫓をまとめて櫓下《やぐらした》、古石場と新石場をまとめて石場と称し、仲町、新地、土橋、櫓下、裾継、石場、佃を七場所としたのである。

そのほか、人形丁《にんぎょうちょう》、三十三間堂《さんじゅうさんげんどう》、三角屋敷、網打場《あみうちば》と呼ばれる岡場所もあった。

深川は岡場所だらけといっても過言ではなかった——。

「そんなに岡場所がたくさんあれば、とても見張るのは無理じゃありませんか」

常吉があきれて言った。

庄三郎がほほえんだ。

「深川七場所は呼び出しですからな――」

仲町をはじめとする七場所は、呼び出し制をとっていた。

客は直接女郎屋に登楼せず、まずは料理屋にあがる。そして、料理屋の座敷に、女郎屋から女郎を呼び寄せるというものだった。芸者や幇間も料理屋に呼び寄せ、酒宴をもうける。女郎と同衾《どうきん》するのは、料理屋の奥座敷だった。これが、「呼び出し」である。

一部には、客が直接女郎屋に登楼する「伏玉《ふせだま》」という制度もあったが、七場所は呼び出しが主流である。

この呼び出し制度こそが、深川の料理屋繁栄の大きな理由だった――。

庄三郎の説明を聞きながら、常吉はさきほど見かけた、女郎が尾花屋にはいってく光景を思い出した。宴席のあと、尾花屋の奥座敷で客と寝るのであろう。そのため、着替えを入れた仕懸文庫をわざわざ料理屋に持参しなければならないのだ。なかには、床着《とこぎ》などが収められているに違いない。

「呼び出しだと、客は料理屋にあがらねばなりません。そうすると、多くの人間に顔を見られます。例の侍は当然、七場所は避けるはず」

庄三郎が、場所はおのずと限定されると述べた。

常吉も思わず納得した。

「なるほど。やはり切見世ですな」

「さきほど言った人形丁、三十三間堂、三角屋敷、網打場には切見世がございます。ここを警戒すればよいのです」

「しかし、あっしひとりで四ヵ所を見張るのでは、うっかり見落としかねませんが」

「暮六ツまでには、六兵衛さんと平治さんも見張りに加わります。三人であちこち動きながら、見張りを続けてください。切見世はどこも四ツ（午後十時ころ）で木戸を締め切りますから、四ツまでねばれば、あとはもうだいじょうぶです。見張りを終えたら、あたくしどもにいらっしゃい。夜食を用意しておきます。

ともかく、じっと待ち受けるという、根気《こんき》のいる仕事です。今夜かもしれませんが、十日後かもしれません。あるいは、半月後かもしれません。気持ちを途切れさせないことが大事ですぞ」

「わかりやした」

唇を引き締め、常吉はうなずいた。

（三）

頭のなかには、絵図で見せられた切見世の位置がしっかり刻み込まれていた。もともと、常吉は道筋を覚えるのは得意だったし、勘《かん》もよかった。これまで、初めての場所でも道に迷ったことはなかった。

常吉はまず、三十三間堂の岡場所に向かった。

三十三間堂はもとは浅草《あさくさ》にあったが、元禄《げんろく》十一年（一六九八）に火事で焼けてしまった。深川に替地《かえち》になって、元禄十四年に再建された。

三十三間堂ではしばしば、弓術の通《とお》し矢《や》がおこなわれた。通し矢は夕刻から翌日の夕刻まで一昼夜かかり、夜間は篝火《かがりび》を焚《た》いて矢を射《い》続けた。通し矢が終わると、射た矢数と姓名を絵馬に記して、堂にかかげた。いわば、武芸の殿堂だった。

ところが、近くには岡場所もある。

深川でする居続《いっづけ》は武のほまれ

という川柳は、居続けと射続けを掛けている。深川三十三間堂の岡場所で居続けをしても、三十三間堂で射続けをしたといえば武士の誉《ほま》れになるというわけである。

常吉が歩いていると、横丁の入口あたりに数人の若い男がたむろし、なにやら無駄話をしているのが目にとまった。

大工、左官など、出職《でしよく》の職人のようである。いわば、常吉と同類の男たちだった。

若い独り身の職人が集まれば、その話題は「飲む、打つ、買う」と相場は決まっていた。

「ゆうべは、とんだ目にあった」

ひとりが、博奕《ばくち》で大負けしたことをぼやいた。

なかに、やや年配の男がいる。

分別臭《ふんべつくさ》く、訓戒を垂れた。

「また久《ひさ》しいものだ。てめえ、了見《りようけん》が悪い。博奕というものは、切りあがりが肝心じゃ」

「それもずいぶん承知だが、ゆうべは、初めから思う目が出やがらねえ。出れば取られ、出れば取られ、初茸《はつたけ》のようさ」

「おいらが偉《えら》そうに意見を言うじゃあねえが、博奕には必ず必ず手を出さねえがいい。それよりゃァ、女郎買いにでも行くがいい。二十四文でも夜鷹と一番できる。百文出しゃあ、切見世へ行って、新造《しんぞう》でも年増《としま》でも好きしだい、一番できる。そのほうがよっぽどおもしろい」

年長者が「打つ」よりも「買う」を勧めた。

そばで、ひとりが同調し、

「いまは夜鷹も二十四文じゃあいやがる。五十でなくちゃァ、こころよくさせねえ。切見世も二百文やらにゃァ、本気で持ちあげてこねえ。諸色《しょしき》が高くなったせいか、開《ぼぼ》まで値上がった。それでも、博奕よりは安い。

博奕のちょぼいちじゃあ、二朱や一朱はまたたきする間に取られる。

二朱ありゃあ、二百文ずつにしても切見世に四度行ける。夜鷹なら、十六度買える」

と、たちどころに暗算してみせた。

昨今の銭《ぜに》相場では、金一朱は銭四百文くらいである。それにもとづく値段比較だった。

また、「ちょぼいち」とは、さいころをひとつ用い、張った目が出れば賭けた金が四倍になる博奕である。

「それはそうと、無駄口ばかりきくより、ブラブラそぞりにでも行こうじゃねえか。来ねえな。このあいだも言ったが、網打場にいい妓《こ》が出たぜ。歩《あゆ》みねえな」

博奕で負けた男は、情けない顔になった。

「ゆうべの負けで、工面《くめん》が悪くってならねえ。夜鷹にしようじゃねえか」

「安あがりは安あがりだが、道端の筵の上じゃあ、楽しむ間もねえ。網打場の切見世にしようぜ」

もうひとりもそそのかす。

「たんとはいらねえ。質屋でもはたらきやな」

「そうだな、着物を曲《ま》げるか」

と、その気になっていた。

着物を質に入れてまで、遊びに行くつもりなのだ。

(しょうのない連中だ)

常吉は苦笑したが、考えてみると、つい先日まで自分も似たようなものだった。

ひと口に江戸っ子というが、同じ江戸に生まれ育った江戸っ子でも、職業によって気質に大きな差があった。

商人や居職の職人などはことば遣いも温和で丁寧であり、腰も低く、堅実な生活を旨《むね》としていた。

これに対して、建築関係の出職の職人には俗に言う「宵越しの金は持たない」式な野《の》放図《ほうず》な金の使い方をする者も少なくなかったし、気も荒かった。

江戸は火事が多く、風が強ければすぐに大火になった。密集した木造家屋はひとたまりもない。あっというまに焦土《しょうど》となった。そのあとには復興特需がおきる。建築関係の職人は引っ張りだこで、手間賃も高騰《こうとう》した。いきおい、職人も威勢がよかったのだ。「この腕さえあれば、食いっぱぐれはねえや」という、痛快なほどの自信だった。

いっぽうでは、「怪我《けが》と弁当は自分持ち」といわれた。

昼の弁当は自分で持参しなければならないし、怪我も自己責任ということだった。たとえ普請場《ふしんば》で怪我をして仕事ができなくなっても、誰も面倒は見てくれない。そういう事態に備え、日ごろから蓄《たくわ》えておかねばならないのだが、若い職人はそんな堅実さとは無縁だった。金がはいったらはいったで、飲む、打つ、買うに浪費した。

(俺も、お勢と出会うまで、金をためたことなんぞなかったからなぁ)

お勢と所帯を持つことをきめてから、常吉もまがりなりに金をためて将来に備えるようになったのだ。考えてみると、お勢に教えられたことは多かった。お勢に出会ってから、生き方が変わったともいえた。

(女郎をしていたが、お勢はいつも将来のことを考えていた。俺と一緒の将来を。そんなお勢があっけなく……)

思い出すと、常吉は鼻の奥が熱くなった。

とにかく悔しい。下手人の武士に憎しみがつのった。

木戸口があり、男たちが群れている。

「ここだな」

常吉がつぶやく。

三十三間堂の切見世だった。

細い路地は雑踏である。

路地番の男が手にした鉄棒《かなぼう》をジャランジャランと鳴らし、

「まわれ、まわれ」

と、急《せ》き立てていた。

客が目あての女のところにきたところ、戸口が閉まっている。先客がいるのだ。戸口の前に立ち止まって待つことにする。そうすると、人の流れがとまって、ただでさえ狭い路地は大混雑となる。

そうさせないため路地番が、立ち止まっている男に、「ほかをまわってから、また来い。立ち止まるな、歩け、歩け」と、追い立てるのだ。

常吉は三十三間堂の切見世を三度まわったが、見覚えのある武士は発見できなかった。

切りあげて、網打場に向かった。網打場は深川松村町《まつむらちょう》の北側にあり、現在の江東区福住一丁目のあたりである。

途中で、数人連れの若い男を見かけた。さきほど、女郎買いの相談をしていた連中だった。博奕で負けた男も、着物を質入れしてようやく資金を捻出《ねんしゅつ》したようである。

みな、その足取りは意気揚々としていた。

網打場の切見世も路地は混み合っていた。

常吉が冷やかし客をよそおい、きょろきょろあたりを見まわしながら歩いていると、肩をつかれた。

ハッとして振り返ると、六兵衛だった。

体を寄せるや、耳元で、

「あの侍、似ていませんか」

と、ささやいた。

渓斎英泉が描いた似顔絵に似た男を、六兵衛がめざとく見つけたのである。

その声には興奮があった。

ごくりと生唾《なまつば》を呑み込み、常吉はさきを行く武士の背中をながめた。黒羽二重《くろはぶたえ》の羽織を着て、袴はつけない着流し姿である。腰に両刀を差し、足元は素足に草履ばきだった。

背格好がちょっと違う気がした。だが、たしかめずにはおれない。

「ちょいと、ご免《めん》よ」

常吉はごった返している細い路地を足早に歩き、いったん武士を追い越した。

さも用事を思い出したかのような様子で、くるりと振り向くと、今度はゆっくりと歩く。すれ違いながら、そっと武士の容貌をうかがう。

手ぬぐいで頬かぶりしていた。たしかに顔立ちはよく似ていた。

しかし、明らかに別人だった。

こんなに早く見つかるはずはない、何度も人違いを繰り返すのは当たり前なのだからと自分に言い聞かせたが、やはり落胆は大きい。

常吉は首を横に振りながら、六兵衛のもとに戻った。

「たしかに、ちょいと似ているがね」

「人違いでしたか」

六兵衛も肩を落とした。

＊

四ツ近くまで各所の切見世を歩きまわったが、けっきょく、空振《からぶ》りだった。

そんなにすぐ発見できるはずはないと思うのだが、常吉はやはり失望を味わった。

途中で出会った六兵衛、平治と連れ立ち、三人で仲町の柏屋に戻る。

（ああ、疲れた）

常吉は疲労困憊《こんぱい》していた。

精神的な徒労感はもとより、足が棒のようだった。もう、立っているのも大儀《たいぎ》なくらいである。

いっぽうの六兵衛と平治は年長にもかかわらず、足取りに疲れは見えない。やはり、日ごろから荷をかついで歩きまわるという商売をしているからであろうか。健脚《けんきゃく》という点では、常吉よりもはるかに達者だった。

「まだ初日ですからな」

「あきらめてはいけませんぞ」

六兵衛と平治がそれぞれ、常吉を激励《げきれい》した。

仲町の料理屋、茶屋などはまだ煌々《こうこう》と明りをともし、にぎわっているが、商家はすでに表戸を閉めてしまっている。

柏屋も表戸は閉じられているため、三人は裏の勝手口からはいった。

すぐに、庄三郎が手燭《てしょく》をともして現われ、

「奥の座敷を使うと、大仰《おおぎょう》になります。ここで勘弁してください」

と弁解しながら、行灯《あんどん》に火をつけた。

三人は台所の上框《あがりかまち》に、肩を寄せ合うようにして腰をおろした。

すでに下女などの奉公人には言い含めてあるのか、誰も台所には出てこない。

庄三郎がみずから給仕をして、夜食を用意した。茶漬けに奈良漬、それに天ぷらである。

「天ぷらは、さきほど屋台店で買ったもので、冷えてしまっていますが」

「ほう、天ぷらとは豪勢ですな」

平治が相好《そうごう》を崩《くず》した。

三人は恐縮《きょうしゅく》しながら、それでもむさぼるように茶漬けをかきこんだ。

常吉も空腹だっただけに、冷えた天ぷらに醬油《しょうゆ》をかけ、上から熱い茶を注いで口のなかに放り込むと、ため息をつきたくなるほどうまかった。その美味の余韻《よいん》を楽しむかのように、サラサラと飯をかきこむ。

一段落したのを見はからい、庄三郎が言った。

「松井町の切見世が妙なことになっています。親方の万介が、『警動《けいどう》がはいりそうだ』と泣きついてきましてね」

警動とは、町奉行所による岡場所の一斉摘発《いっせいてきはつ》である。楼主は召し取られ、女郎はみな吉原に送られる。

そんな事態にしてはならないのは頭では理解していたが、常吉には、お勢に会わせてくれなかった万介への恨《うら》みがあった。「ざまあみやがれ」と、溜飲《りゅういん》が下《さ》がる気がした。いっぽうで、万介が誰に泣きついてきたのかという疑問もある。とりあえず、黙っていた。

六兵衛が問い返した。

「ひょっとして、お勢さんの件でしょうか。病死として、回向院に葬られたはずですが」

「その件と、近くでお店者らしき若い男が刺し殺された事件もかかわっているようですね」

それを聞いて、常吉が口をはさんだ。

「きのうの朝、松井町の河岸場で死体が見つかり、八丁堀の旦那が検使に来ていたそうです。きっと、そのことでしょう」

なおも、六兵衛は眉《まゆ》をひそめて、

「河岸場でお店者が殺されたことと松井町の切見世と、どういう関係があるのですか」

と、問い詰める。

「あたしも、くわしいことはわかりません。指令がありましてね。常吉さん、おまえさんは、松井町の切見世は馴染《なじ》みだったはずですね。あす、ご足労を願いますよ。

六兵衛さん、おまえさんも同行してください。まずは、親方の万介に事情を聞いて、早急に対応策を練らねばなりますまい。

ふたりでよく相談して、松井町に出向いてください。

平治さん、おまえさんはご苦労ですが、これから根津にお願いしますよ」

と、庄三郎が今夜とあすの行動を指示した。

六兵衛と平治は黙ってうなずいている。

常吉もとくに拒《こば》む理由はない。それに、その後の切見世の様子も気がかりだった。

「わかりやした。いったん松井町に行き、そのあとで深川に向かうことにしましょう」

と承諾したが、自分がいつのまにか網のなかに絡《から》めとられ、深みにはまっていくような気がした。

第四章　忘れ物

（一）

翌日、本所松井町の切見世である。

「お兼さん、お兼さん、湯へ行かねえか。もうすぐ、四ツ（午前十時ころ）の鐘が鳴るぜ」

お銀が路地に立ち、ガラガラ声で朝湯に誘った。

手ぬぐいを肩にかけ、糠袋《ぬかぶくろ》を手にしている。白粉《おしろい》を落としているため、無残なくらいに肌の荒れや皺《しわ》が目立っていた。

板戸があいて、お兼がぬっと顔を出した。

「オヤ、お銀さん、素敵《すてき》と早起きだの。わっちはけさがた、泊まりのお客を帰して、やっとトロトロと寝たところだ。手水《ちょうず》に行ってから、もうひと寝入りやろうというところだぁな。まあ、さきに行きな」

「そうかい、付き合いの悪い女だのう。それはそうと、きのうの騒ぎはなんだ。わっちは警動かと思ったよ」

「ええ、なにさ、ちっとばかりの間違いよ」

「そうか、わっちはまた、警動かと思ってさ。さきおといは、お勢さんのことがあったからね。まことに恐くって、体が縮《ちぢ》みあがって、小さくなっていたよ」

「小さくなっていたのは、親方だろうよ」

「ハハハ。大きな声では言えない、言えない。さあ、湯に行こう」

大笑いしながら、お銀が歩き出す。

常吉と目が合った。

いつのまにか路地にはいってきて、そばに立っていたのだ。

それまで大口をあけて笑っていただけに、お銀もちょっとバツが悪そうだった。

「おや、常さん。とんだことだったねぇ。あんまり力を落とすんじゃないよ」

「ありがとうよ。おめえにも、いろいろと世話になっちまって。それより、警動とか言っていたが、どういうことだい」

路地の奥まで見渡し、地廻やくざの姿がないことをたしかめたあと、常吉が言った。

お銀も声をひそめた。

「きのう、岡っ引の清蔵親分が路地をうろうろして、嗅《か》ぎまわっていたのさ。ほかにも、お武家屋敷の中間《ちゅうげん》らしいのがはいり込んできて、あれこれ尋《たず》ねまわっていたしね。

親方も地廻も小さくなってふるえていたようだよ」

「なにを嗅ぎまわっていたのだ」

「お勢さんが殺されたころ、若いお店者《たなもの》の客を見なかったかとか、なんとか。こちとら、毎日何人も客を取るんだ、そんなことといちいち覚えてはいないよ」

「そうだろうな。ところで、親方の万介の住まいはどこだい」

「路地を左に曲がって、突き当たりだよ。親方に何の用だい」

お銀はちょっと心配そうだった。

またもや常吉が袋叩《ふくろだた》きの目に遭《あ》う事態を案じているのであろう。

「なぁに、お勢のことでいろいろと迷惑をかけたから、ちょいと挨拶をしようと思ってな」

常吉は路地を進んだ。

間口は二間だが、二階建ての家だった。

ちょうど、万介が家から路地に出てきた。手に銀製の煙管《きせる》を持っている。じろりと常吉をねめつけた。その目には、警戒があらわだった。

「親方の万介さんだね」

「そうだが」

「お勢と所帯を持つ約束をしていた常吉だがね」

「知っている。おめえさんに頼んだが、会わせてもらえなかった」

「お勢は死んだぜ」

「ああ、あのときの。性懲《しょうこ》りもなく、なんの用だね」

「ちょいと、話を聞きたい」

「なにも話すことはねえよ。帰った、帰った」

「きょうは、この前のようにはいかないぜ」

常吉が一歩踏み出した。

万介も勝手が違い、たじろいだ。

顔をゆがめ、

「おい、権、八」

と、横手に向かって声を張りあげた。

やおら、常吉がふところから「闇」と書かれた鑑札を取り出し、

「これを見てくんな」

と、示した。

「えっ、こりゃあ、闇の旦那でしたか」

途端に、万介の表情が一変した。

慇懃《いんぎん》に、腰をかがめた。

その態度の豹変《ひょうへん》ぶりには、常吉のほうが驚いた。想像していた以上の、劇的な効果だった。

そこに、ドブ板を踏み鳴らして、地廻やくざの権太と八五郎が駆けつけてきた。ふたりとも着物を尻っ端折りし、腕をまくりあげて、早々と喧嘩《けんか》支度《じたく》をしている。

「親方、どうしたい」

「てめえか、因縁《いんねん》をつけているのは」

と、常吉に殴りかからんばかりだった。

万介が怒鳴った。

「馬鹿野郎。こちらの常吉さんは、俺の大事な客人だ。粗相《そそう》があっちゃあ、なんねえぞ」

権太が口をポカンとあけた。

八五郎は目を白黒させている。

「おめえたちにも、それを言っておこうと思って、呼んだのよ」

と、万介がとりつくろった。

ふたりを見て、常吉は先日の足蹴《あしげ》にされた記憶がよみがえってきたが、怒りを押し殺して言った。

「というわけでな。以後、お見知りおき願いますぜ」

やや皮肉な口調になっていた。

権太と八五郎はそれまでの恫喝《どうかつ》する態度とは打って変わって、

「へい、知らなかったもので」

「常の兄ぃ、申し訳ないことで」

と、いかにも卑屈《ひくつ》に小腰をかがめた。

万介が手を振り、

「もういい、あっちへ行け」

と、ふたりを追いやる。

そこに、六兵衛が飄然《ひょうぜん》と現われた。常吉のそばに寄り、そっと耳元で言った。

「どうですかな、鑑札のご威光は」

常吉は笑って、うなずいた。

まずはひとりで親方に面会し、鑑札の威力を実感してみろというのが、六兵衛の提案だったのだ。茶目《ちゃめ》っ気だったのかもしれない。

「おや、六兵衛さんも。ともかく、なかにはいってくださいな」

と、万介が常吉と六兵衛を家のなかに招《しょう》じ入れた。

その口ぶりから、万介が六兵衛に一目《いちもく》置いているのは明らかだった。

玄関の土間をあがると、八畳くらいの部屋があり、長火鉢のそばで、女房らしき女が煙管で煙草をくゆらせていた。

若いころはさぞ美人であったろうと思わせるはっきりした目鼻立ちだったが、顔色が悪く、どことなく下品な雰囲気をただよわせていた。男物の半纏《はんてん》をしどけなく羽織っている。

部屋の片隅に、二階に通じる階段があった。

「おい、二階には、誰もあげるんじゃねえぞ」

万介は女房に厳命《げんめい》したあと、ふたりを二階にいざなった。二階の座敷のほうが、内密の相談には適しているのであろう。

急勾配《きゅうこうばい》の階段が、万介の肥満体でミシミシときしんだ。

＊

二階の座敷は、片隅に布団と夜着がたたんで置かれていた。そばに、柳行李《やなぎごうり》もあった。

万介が弁解がましい口調で、お勢を回向院の墓地に埋葬した経過《いきさつ》を説明した。

その遺体の処置について憤懣《ふんまん》はつのってきたが、常吉はグッと我慢し、

「なにか遺品はなかったかい」

と、尋ねた。

お勢が竹の筒に金を入れてためていたことを知っていたのだ。それに、せめて髪飾りでも残っていれば、片身《かたみ》の品としてほしかった。

万介はひたいに汗を浮かせ、しどろもどろになった。

「回向料も添えなければなりませんしね。髪飾りは道具屋に売り、着物は古着屋に売り、どうにか金を工面《くめん》したようなわけでして。そのほか、いくらか銭《ぜに》も残していたのですが、それらを合わせて、ようよう葬ったようなしだいでしてね」

常吉は腹のなかで「嘘をつけ、かなりの金もうけをしたろうよ」とののしったが、口には出さなかった。お勢はまだ女房ではなかった。あくまで、万介の抱《かか》えの女郎だった。この親方の処分に異議を唱えることはできない。

「さて、警動を受けそうだということだが、どういうことかね」

六兵衛が本題にはいった。

「おとといの朝、松井町の河岸場で見つかったお店者の死体とかかわりがあるようなのですがね。しかし、それは表向きで、お勢のことで疑われているのかもしれませんせん」

万介は、さきほどお銀が述べていたのと同様、岡っ引の清蔵や武家屋敷の中間らしき男たちが次々と押しかけてきて、お店者の行動を調べていたことを告げた。

「で、殺されたお店者の身元は知れたのかね」

「ふところには財布もなにもなくて、身元は知れないそうです。死体は自身番屋に留め置かれていますが、この季節ですから、そう長くは置いておけますまい。身元がわからなければ、回向院で無縁仏になるわけですが」

そのとき、階下で女房が叫んだ。

「おまえさん、若竹屋理助さんという旦那だよ」

渓斎英泉まで駆けつけてきたのには、常吉はいささか驚いた。

「あがってもらってくれ」

と、万介が叫び返した。

しばらくして、英泉が二階にあがってきた。羊羹色《ようかんいろ》の十徳《じっとく》を着ていた。まるで風流な俳句の宗匠《そうしょう》のようである。

「おくれてしまい、申し訳ない」

遅刻を詫《わ》びたあと、英泉が六兵衛に小声で言った。

「朝から新地に行っていたものだから」

「おや、それは大変でしたな」

常吉は「新地」と小耳にはさみ、昨日庄三郎から説明を受けた深川七場所の新地をすぐに連想した。その新地なのかどうかは不明だったし、疑問もあったが、とりあえず黙っていた。

「もう一度、最初から話しておくれ」

英泉が万介に求めた。

路地を呼び声が通る。

羅宇《らう》のすげかえ、羅宇のすげかえ

煙管の、竹製の羅宇をすげかえる商売で、背中にかついだ煙管も販売する。八文から十二文の零細《れいさい》な商売だった。

「おじさん」

と、女が呼び止めている。

煙草のやにで詰まった羅宇を、すげかえてもらうのであろう。

万介の説明を聞き終えると、英泉がきびしい表情になった。

「岡っ引の清蔵親分は、殺されたお店者の足取りを調べているのであろう。殺される前、切見世で遊んでいたのではないかと考えたのであろうな。理詰めでいけば、そう考えるのも無理はない。

しかし解《げ》せないのは、武家屋敷の中間がさぐっていること。これは、なにか裏がありますな。たしかに、へたをすると、警動になりかねない。

そもそも、そのお店者とやらは、切見世に来ていたのかい」

「女たちはかかわり合いになりたくないため、清蔵親分や中間には知らぬ存ぜぬで通したようです。あとで、わっしがひとりひとりに尋ねてみたのですがね。お兼という女が、お玉という女のところに若いお店者がはいったのを覚えていたのです」

「ほう。しかし、そのお兼はその日にかぎって、なぜほかの客のことをはっきり覚えていたのでしょうな」

英泉が首を傾けた。

そばで聞きながら、常吉は英泉の懐疑《かいぎ》に驚いた。

たしかに、その通りだった。路地を通り過ぎる男は多い。自分の客ならともかく、ほかの女を買った客まで克明《こくめい》に覚えているのは不自然だった。

万介が答えた。

「あの日、お兼はあぶれていたそうでしてね。座って呼びかけていては埒《らち》が明かないので、戸口から身を乗り出し、路地を通る男に声をかけていたというのです。まずお店者が来て、お玉のところにはいってしまう。つぎに来た侍は、お勢のところにはいってしまう。それを見ながら、お兼は、

『ああ、お店者もお侍も、お玉さんとお勢さんに取られてしまった。やはり、若い女にはかなわないよ』

と、自分の歳《とし》を考えて、暗い気分になったのだそうです」

お玉とやらには、そういういきさつがあったのなら、はっきり覚えているのもうなずける。

「なるほど、問いただしたのかね」

「お玉は最初は黙っていたのですがね。わっしがあらためてお玉に尋ねたところ、あの日の夕暮れころ、お店者の客を取ったことは認めました。しかし、騒ぎがおきる前に、ちゃんとつとめを払い、おとなしく帰っていったと言うのです。

考えてみると、お勢が殺されたのがわかってから、すぐに木戸を締め切りました。客は一歩も外に出られなくなったわけです。いざ、調べようとしているところに、常吉さんが飛び込んできたわけでして。あのときは、知らないこととは言いながら、とんだことで」

ぺこりと、万介が常吉に向かって頭をさげた。

そのあと、さらに続ける。

「常吉さんを放り出してから、わっしと、権太と八五郎という男の三人で、すべての部屋をあらためました。もしかしたら、下手人がひそんでいるかもしれないと思いましてね。そのとき、お玉には客はいませんでした」

「なるほどな」

英泉は腕組みをした。

しばらく考えたあと、常吉をかえりみた。

「おまえさん、お玉とは面識はあるのかい」

「買ったことはありませんが、お勢と親しかったので、一緒に西瓜《すいか》や焼芋を食いながら話をしたことぐらいはあります」

「それだと好都合だ。おまえさんが、お玉から聞き出してくれないか」

たちまち、万介が渋面《じゅうめん》になった。

「聞くことがあれば、わっしが聞きますよ」

と、自分がはずされることに不満を表明した。

面子《めんつ》を潰された気分らしい。

すかさず、英泉が慰撫《いぶ》した。

「おまえさんは親方だ。女も遠慮があって、親方には言いたいこともなかなか言えないのさ。あたしも楼主だけに、その辺はちゃんと心得ています。本音《ほんね》は、若い男と女同士のほうが聞き出せるものですよ」

「じゃあ、まあ」

万介も不承不承《ふしょうぶしょう》、認めた。

（二）

お玉は戸惑《とまど》った表情になり、

「おや、常さん」

と、あいまいな笑みを浮かべた。

自分を買いに来たと誤解したようだった。つい先日、朋輩《ほうばい》のお勢が死んだばかりだけに、やはり複雑な気持ちなのであろう。男の変わり身の早さに、ついていけないものを感じているのかもしれなかった。

「俺は客じゃねえ。ちょいと、聞きたいことがあってな」

常吉は後ろ手に板戸を閉めたあと、上端に腰をおろした。

部屋のなかの調度は、かつてのお勢の部屋とほぼ同じだった。布団《ふとん》は奥にたたんで置かれ、夜着は棚に収納されていた。

「そんなとこじゃあ。まあ、あがりなよ」

ためらいがちに、お玉が部屋のなかにあがるよう勧《すす》めた。

「いや、ここでいい」

きっぱりと言った。

常吉としては、これで自分の意思を示したつもりだった。

「そのかわり、おめえがもっと近くに寄りねえ。内密《ないみつ》の話だ」

「なんだい、大層《たいそう》らしい」

手招きに応じて、お玉がにじり寄ってきた。

年のころは二十一、二歳であろう。年齢が近いため、お勢とは仲がよかった。毎朝、連れ立って銭湯に行っていたほどである。

若いだけに、まだ肌もすさんでいない。瓜実《うりざね》顔で、二重瞼《ふたえまぶた》だった。愛嬌《あいきょう》のある顔立ちなのだが、どことなく表情が硬《かた》かった。

「お店者の行方を尋ねて、いろんな連中がきのう、押しかけてきたそうじゃないか」

「おまえさんまで、なぜそんなことを」

お玉の目に警戒の色が浮かんでいた。

「じつはな、俺はそのお店者とやらが、お勢の殺しとかかわりがあるような気がしてならねえのよ」

「お勢さんを殺したのは、お侍だよ」

「それはわかっている。だが、お店者は侍とほぼ同じ刻限にやってきて、木戸が閉め切られたときにはすでにいなくなっていた。侍とほぼ同時に帰ったことになる。どう考えても、妙じゃないか。ふたりは示し合わせていたのかもしれない」

お玉は無言である。

常吉がことばに力をこめた。

「俺はお勢の敵を討ちたいんだ。このまま殺されっぱなしじゃあ、あまりにかわいそうじゃねえか。なにか、手がかりがほしいんだよ」

言い終えると、畳に手をつき、頭をさげた。

べつに芝居をしているわけではなかったが、あらためて無念さが胸にこみあげてきて、思わず涙がにじんだ。

いかにもつらそうな顔で、お玉が口を開いた。

「ジンさん――あのときのお店者だけどね、あたしもジンさんとしか知らないのさ。名前を尋ねたら、『ジンさんでよいよ』と言っていたから。ジンさんは、お勢さんが殺されたのとは無関係だよ」

「どうして、そんなことが言い切れる」

「だって、騒ぎがおきたときには、ジンさんはあたしと一緒だったもの」

「えっ。しかしよ、木戸を閉め切ってから、親方が調べたとき、おめえのところに客はいなかったと聞いたぜ」

「ジンさんは、木戸が閉め切られたあとで、抜け出したんだよ」

お玉は唇を嚙んでいる。

常吉はとても信じられなかった。

「俺は木戸を乗り越えて路地にはいったんだが、そのジンさんとやらは、木戸を乗り越えて外に抜け出したというのか。まさか。お店者に、とてもそんな芸当はできねえぜ」

「じつはね、騒ぎがおきて、木戸が閉め切られたのを知ると、ジンさんはもう泣きそうになっちゃってね。

『このまま足止めされてしまっては、今夜中にお店に帰れないかもしれない。そうなると、旦那《だんな》さまに会わせる顔がない』

と、おろおろしているのさ。

あたしも、気の毒になってね。どうにかしてやりたいと思っていたのだけど、ちょうどそのとき、おまえさんが乗り込んできて、権さんと八さんに袋叩きにされたじゃないか。見ていると、親方が、『おい、権、八、この男をつまみ出せ』と言って、おまえさんを路地から表に放り出す様子だよ。

あたしがジンさんに、

『いまだよ、木戸があくから、どさくさにまぎれて外に出な』

と言って、逃がしてやったんだよ。

ジンさんは、おまえさんを放り出すためにあけられた木戸から、すっと抜け出したのさ」

「そうだったのか」

常吉もようやく疑問が氷解《ひょうかい》した。

わかってみると、ごく単純なからくりだった。

それにしても、お玉はなぜ、そのお店者にこれほど肩入れしているのだろうか。

「おめえ、ジンさんに惚《ほ》れたのか」

「そんなんじゃないよ」

お玉が怒ったように言い返した。

その目に、みるみる涙があふれた。好いた惚れたの感情ではないにしても、なにか言いづらい別の屈託《くったく》があるようだった。

「すまねえ」

「謝《あやま》ることはないさ」

「それはそうと、松井町の河岸場でお店者の死体が見つかったそうだ。日にちは合うぜ。まさか、そのジンさんってことはないだろうか」

「あたしも、それが気がかりでね。ジンさんがまた来てくれれば、無事だったことがわかるのだけど。毎日、待っているのだけどね」

そう言いながら、お玉が涙をぬぐった。

「とりあえず、お店者が侍と関係がないことはわかった。ありがとうよ」

常吉はお玉のもとを辞した。

＊

万介の家の二階である。

戻った常吉の報告を聞き終え、万介は自分がまんまと一杯食わされていたことを知り、苦々《にがにが》しそうだった。

「路地はごった返していたからな。出し抜かれた。権と八の野郎も、間抜けだぜ」

と、ブツブツつぶやいている。

いっぽう、英泉は目をなかば閉じて、深沈《しんちん》と考え込んでいた。

六兵衛はこういう沈思黙考《ちんしもっこう》には慣れているのか、そばで黙って煙管をくゆらせている。

万介はいらだってしきりに貧乏揺すりをしているし、常吉も落ち着かない気分だった。

ややあって、英泉がポツリと言った。

「お玉は本当のことを言ってないな」

その感想に、常吉は思わず怒りがこみあげてきた。お玉を嘘つきと断定しているのはもちろんのこと、自分の尋問の仕方が拙劣《せつれつ》で、しかも他愛なく丸め込まれてきたと指摘しているようなものではないか。

常吉は憤然として言い返した。

「嘘をついているとは思えませんが」

「お玉が嘘をついているという意味ではない。まだ、明らかにしていないことがあるという意味だ」

「どういうことです」

その常吉の問いには答えず、英泉が万介をひたと見つめた。

「おまえさん、お玉にはけっして手荒な真似はしないと約束してくれるかい」

「わっしは、そんな荒っぽいことはしませんぜ。仏《ほとけ》の万介と言われているくらいでしてね」

「やくざ者にも、指一本触れさせないと約束してくれ」

「へえ、まあ」

万介が煮え切らない返事をした。

英泉の視線は鋭い。

「もし約束を破れば、われわれが黙っちゃあいないですぞ」

「へい、わかりやした」

威圧されたように、万介は肥った体を縮め、約束を守ることを誓った。

そばで聞きながら、常吉には英泉のいう「われわれ」がなにを意味するのか、依然として漠《ばく》とした疑問があった。

「お玉に会おう。どうしても、聞き出さねばならない。ただし、あまり人数が多いと、お玉もおびえてしまうであろう。会うのは、あたしと、いま一度おまえさんのふたりにしよう」

英泉は、同行者に常吉を指名した。

そのあと、万介に言った。

「お玉の両隣の部屋を、しばらく人払いしておくれ」

境は襖一枚である。

話し声が漏れるのを防ぐためだった。

「へい」

と、万介が渋々了承する。

さりげなく、英泉が六兵衛に目配せした。お玉と話をしているあいだ、万介が立ち聞きしないように見張っておけという指示だった。

六兵衛は心得ているのか、黙ってうなずいた。

＊

ふたたび現われた常吉が英泉を引き連れているのを見て、お玉が険《けわ》しい目つきになった。

なにやら面倒を持ち込んできたと察したようだった。自分を裏切ったと感じているのかもしれない。

「いったい、なんの用だい」

と、つっけんどに言った。

常吉はお玉のきびしい視線に、身を刺されるような痛みを感じた。

「こちらは……」

言いかけて、ことばに迷う。渓斎英泉と紹介すべきなのか、若竹屋理助と引き合わせるべきなのか戸惑《とまど》った。

英泉はけろりとして、

「あたしは、根津の若竹屋理助という者だがね」

と、女郎屋の楼主であることを明かした。

ようやく、お玉の表情から敵意が消えた。やはり、同種の人間への安心感からだった。

　女郎の心理を、英泉はちゃんと心得ていた。

　いったんは心を開いたお玉も、

「根津の旦那さんが、なぜあたしに」

と、まだ不審そうである。

「あたしが頼んで、まず常吉さんに打診してもらったのさ。あたしが突然押しかけても、信用してもらえないと思ってね。そんなわけだから、常吉さんを悪く思わないでおくれ。ちょいと、あがらせてもらうよ」

　そう言いながら、英泉が部屋にあがりこんだ。

　常吉も板戸を閉めたあと、あがりこんで、左右の襖を開いてたしかめた。すでに、両方の部屋は無人だった。

　英泉が従容《しょうよう》として言った。

「おまえはいま、危うい立場にある。そのことは、おまえ自身がいちばんよくわかっているはずだね」

　お玉は黙して答えないが、動揺は明らかだった。

「あたしのことが信用できないのであろう。無理もない。はっきりと説明できないのだが、あたしを信じてくれと言うしかない。けっして、悪いようにはしない。あたしには、ほぼわかっているつもりだよ。あとは、おまえの決心しだいだ」

依然として、お玉は無言である。

無表情をたもっていたが、目にはおびえと疑惑があった。

「岡っ引や中間におびえているのであろう。しかし、おまえが本当に恐がっているのは、親方と地廻やくざなのではないのかい。安心しておくれ。こうやって隣の部屋も空《あ》けて立ち聞きできないようにしたし、万介も遠ざけた。ここにいるのは、三人だけだ。秘密は守るよ」

お玉はじっとうつむいている。

重苦しい沈黙が流れた。

「では、あたしから言おうか。ジンさんはここに忘れ物をした。おまえはそれを大切に保管している。そうだな」

「は、はい」

ついに、お玉が消え入るような声で認めた。

常吉は驚き、まじまじとふたりの顔を見た。質問したいことは山ほどあったが、途中で口をさしはさむのは遠慮した。

英泉が駄目押《だめお》しをした。

「金かい」

「はい」

「大金かい」

「中身は見ていませんが、重い袱紗《ふくさ》包みですから」

「客が忘れ物をすれば、親方を通じて役人に届けるのが筋《すじ》だ。ところが、おまえは親方や、やくざ者が恐かった。中身が大金らしいだけに、なまじ親方ややくざ者に知れると、口封じのために殺され、金を奪われるかもしれないと案じた」

「ううう」

と、お玉が両手で顔をおおった。

肩がふるえている。

英泉がやさしく言った。

「泣くことはない。おまえを責めているわけではないからね。その正直と用心深さには感心しているくらいだよ。おまえは忘れ物を隠し、ジンさんがさがしに戻ってくるのを待とうと思ったのだね」

「はい。でも、松井町の河岸場で若いお店者が殺されたという噂が聞こえてくるし、いろんな男が押しかけてくるし、もう、どうしてよいのかわからなくなって……」

まるで堰《せき》が切れたかのように、お玉の目から涙があふれた。

これまで、ひとりでじっと不安に耐えていたのだ。

そんなお玉を見ながら、常吉はいじらしさに心が揺さぶられた。お玉に対して、初めて覚えた情感だった。

「もう、だいじょうぶだよ。もしよかったら、その包みを見せてくれないかね。ジンさんの身元がわかるかもしれない」

と、英泉がうながす。

お玉は立ちあがると、棚の夜着の後ろから袱紗包みを取り出し、

「これです。あたしは無筆ですから」

と、自分が読み書きできないことを告白した。

「では、調べさせてもらうよ」

英泉が包みの結び目を解く。

二十五両を方形に紙に包んで封をした、いわゆる切餅《きりもち》が十個はいっていた。

「二百五十両か。ほかには、書付や印形《いんぎょう》など、手がかりになるものはない。おまえ、ジンさんが奉公する店の屋号は聞いているかい」

「いえ、知りません」

「なにを商《あきな》う店かは」

「知りません」

「店の場所は」

「知りません」

「そうか……なにもわからぬわけか。せめて、誰々さまのお屋敷の近くとか、何々神社の門前とかはわからぬかな。どこかの近くとか、言っていなかったかい」

「そういえば、キラズバシの近くだとか、言っていました。あたしには、どのあたりだか、よくわからないのですが」

「キラズバシ……、雲母橋《きらずばし》か。すると、本町《ほんちょう》だな。本町には大店《おおだな》が多い。金額からしても、大店の手代《てだい》であろう。ひとつの手がかりにはなるな」

「ジンさんをさがしあてられますか」

「おそらく、できる。ジンさんに届け、大団円《だいだんえん》となる。ただし、厄介《やっかい》なのは、ジンさんが死んでいて、その身元がわかった場合だ。いいかい、よくお聞き。

ジンさんが金を忘れたのは、さきおといだ。いくらなんでも、きょうまでには、切見世に忘れたことに気づき、血相《けっそう》変えて戻ってくるはず。それがいまもって現われないというのは、死んだと見てよかろう。おそらく、松井町の河岸場で見つかった死体がジンさんであろう。

いまはまだ死体の身元は判明していないが、ジンさんとわかった途端《とたん》、集金したはずの二百五十両がないこともわかる。町奉行所の役人は、殺した人間が奪ったと思うに違いない。もしおまえが二百五十両を隠していることが知れれば、役人は当然、おまえが万介や地廻やくざと結託《けったく》してジンさんを殺し、金を奪ったと考えるだろうな。いくら否定しても、正直に白状しろとばかり、拷問《ごうもん》にかけられるだろう」

「では、これからすぐ番所に行き、お役人にお届けします」

必死の形相《ぎょうそう》で、お玉が言った。

英泉は静かに首を横に振った。

「こうなっては、もう手おくれだ。役人はおまえが正直に届け出たとは考えない。万介ややくざ者とグルになって金を奪ったものの、恐くなって出頭してきたと考えるに違いない。みなは召し取られ、正直に白状しろと、拷問にかけられるだろうな。どっちにしろ、身に覚えのないことを白状しろと責められる。奉行所の役人はそんなものだよ。切見世の女など、あばずれの嘘つきと、頭からきめてかかっているからね。あげくは、この切見世は取り払いになろう」

「では、どうすればよいのですか」

「この金を隠し持っていること自体が危ない。それは、おまえにもわかるだろう。無理にとは言わないが、どうかね、この金をあたしにあずけないかね。もちろん、あずかり証文は書く。常吉さんも添え書きをする」

お玉の視線がさまよっていた。悩み、迷っている。

「もし役人や岡っ引や、中間が押しかけてきて、金の行方《ゆくえ》を尋ねたら、すぐに白状しなさい。なまじあたしらをかばおうとしてだんまりをきめこむと、むごい目に遭いかねない。証文を見せて、金は根津神社門前の若竹屋理助に渡したと言えばよい。もし恐い目に遭いそうだったら、根津に逃げておいで。若竹屋でおまえを引き受けよう」

「わかりました。おあずけします」

ついに、お玉も決心した。

「よし、では、証文を書こう」

英泉がふところから矢立《やたて》と紙の束を取り出した。絵師だけに、つねに持ち歩いているようだ。

二百五十両のあずかり証文を書き、英泉が署名捺印《しよめいなついん》をした。常吉も署名をし、印形は持っていないため、爪印《つめいん》を押した。

お玉は字は読めないのだが、目の前で執《と》り行われた証文の形式を見て、ひとまず安《あん》堵《ど》したようだった。

(三)

竪川に面した河岸場だが、ちょうどそのあたりでは荷あげも、積み込みもおこなわれていないため、近くに人の気配はなかった。

四人の男が立っている。

常吉、渓斎英泉、六兵衛の三人はお玉から二百五十両をあずかったあと、近くの蕎《そ》麦屋《ばや》にはいった。手早く蕎麦をかきこんでいるところに、紙屑買いの平治が合流した。混み合っている蕎麦屋では話ができないため、四人は竪川のそばまで歩いてきたのだ。河岸場で立ち話をしていると、傍目《はため》にはいかにも商売の相談をしているかのように見える。

英泉が平治に言った。

「ご苦労だが、雲母橋に近い本町あたりの大店で、失踪《しっそう》した手代がいないかどうか聞き込んでおくれ。二百五十両もの金を持ったまま行方不明になっているのだから、世間には秘密にしているとしても、店では大騒ぎになっているはずだ。人を出して、あちこちを尋ねまわっているだろうし、出入りの鳶《とび》の者の動きもあわただしいに違いない。必ず、近所では評判になっているはずだよ。おまえさんは、そういう噂を聞き出すのは得意だからね。あたしも、一緒に行こう。急がねばならないからね」

「はい、かしこまりました。名前はわかりませんか」

「ジンさんとしかわからない。甚助か仁吉か、そのあたりだと思うがね」

常吉はそれまで、英泉の推理には内心で感嘆するばかりだったが、承服できない部分もあった。ちょっと迷ったが、思い切って口に出した。

「二百五十両もの金を持った奉公人が、途中で切見世に寄ったりするでしょうか。あっしだったら、わき目もふらず、それこそ小便も我慢して、まっすぐ店に飛んで帰りますぜ」

おかしそうに、英泉が笑った。

「ハハハ、それはおまえさんが大金を持ち慣れていないからさ。大店の番頭や手代ともなると、二百五十両くらいの金を持ち運ぶのはしょっちゅうですよ。最初のうちこそビクビクものでも、そのうちに慣れてしまい、餅《もち》を十個風呂敷に包んで運ぶのと同じなのさ。

住み込みのお店《たな》奉公は息苦しい。たまに外出したときに、これさいわいと女郎屋にしけこんで命の洗濯《せんたく》をするのですよ。根津の若竹屋にも昼間、商用で外出中の奉公人がよく登楼しておりますぞ。連中もきっと、ふところに百両や二百両の金は入れているだろうね」

なおも常吉が喰いさがった。

「持ち運びに慣れるのはわかりますが、大金を切見世に忘れるなど、とても信じられませんがね。よほど頓馬《とんま》だったのか」

「普段だったら忘れはしますまい。あのとき、ジンさんは切見世に足止めを喰いそうになり、動転《どうてん》していました。たまたまおまえさんが騒動をおこし、その隙《すき》に抜け出すことになった。ジンさんもあわてふためいていたのさ。金を置き忘れたのも、無理はないですよ」

「なるほど」

ようやく、常吉も納得できた。

そう考えるとお店者も、お勢殺しに巻き込まれたひとりといえよう。

「さて、あたしと平治さんは本町に行きますが、おまえさんと六兵衛さんは、夕方深川に行くまで、できるだけお玉を見張っていてくれませんか。やはり心配だからね」

「はい、わかりやした……」

承諾したあと、常吉はちょっと口ごもった。

いったん歩き出しかけた英泉が、けげんそうに言った。

「どうかしましたか」

「さきほどからずっと考えていたのですが、あっしにはどうしてもわかりません。先生はどうやって、お店者がお玉さんのところに大金を忘れたと見抜いたのですか」

「ああ、そのことですか。あたしは浮世絵師ですが、春本の作者でもある。春本の筋立てを考えるのと同じさ。ジンさんという男と、お玉という女を作中で動かしてみた。すると、ジンさんが大金を置き忘れたという趣向《しゅこう》がもっともおもしろいのに気づいたのさ」

その英泉の説明はどこまで本気なのか、それとも冗談なのか、常吉にはうかがい知れなかった。

それにしても、英泉が常人《じょうじん》とは一風異なる頭脳の持ち主であることは間違いあるまい。これまで職人として生きてきた常吉には、初めて接するたぐいの人間だった。まるで、とらえどころがない。

「だてに与力《よりき》をやっているわけではありませんな」

そばで、平治が口を添えた。

軽く笑ったあと、英泉が常吉に言った。

「おまえさんは、よい同心になれるよ」

常吉が驚いて問い返した。

「えっ、なんのことです」

「そのうち、わかるさ」

「鑑札を見た万介が『闇の旦那』と言って、恐れ入りました。あれはどういうことですかい」

「それも、いずれ、きちんと話しますよ。いまは、一刻を争うのでね」

英泉はくるりと背を向けるや、平治をうながし、すたすたと歩き出した。

＊

常吉と六兵衛が切見世に戻ると、お兼が路地のなかほどでしゃがんでいた。着物の裾《すそ》をまくりあげ、臀部《でんぶ》は丸見えである。

路地の奥に共同便所があるが、そこまで行くのが面倒な女はドブ板を一枚はがして、路地の中央に掘られている溝《みぞ》で用を足す。

ちかい内来《き》なといゝ〳〵小便し

という実《み》も蓋《ふた》もない川柳は、こういう切見世の女郎の生態を詠《よ》んでいる。

まだ昼間で、路地には客はほとんど歩いていないということもあるのだが、お兼くらいの年齢になると、もう恥も外聞もないようだった。

「おや、常さん、きょうは行ったり来たり、どうしたね。まるで地廻同然だね」

溝に水音を立てながら、お兼は平気で話しかけてきた。

白い臀部は肉がたるみ、骨が鋭く浮き出ていた。

さすがに、常吉も目をそらした。

親方の万介が所在《しょざい》なげに、路地の片隅に立っていた。常吉を見るなり、さっそく問いかけてきた。

「金はどうなりました」

「若竹屋理助さんが持っている」

「そうですかい。うっかり落としたり、置き忘れたりしなけりゃいいですがね」

万介としては精一杯の皮肉のようだ。

さきほど、証文と引き換えにお玉から金を受け取ると、英泉が万介に事情を説明し、納得させた。しかし、万介は二百五十両もの大金をお玉が隠していたことを自分が知らず、判明したと思ったら、英泉がさっさと持ち去ったことが無念でならない。鳶《とび》に油揚《あぶらあげ》をさらわれた気分らしい。

もちろん、万介も英泉から説得され、早急に金を手放さねばならないこと、なまじ隠し置いておけば、警動を受けて切見世が取り払いになりかねないことはじゅうぶんにわかっていた。わかっていながら、やはり二百五十両という金がみすみす持ち去られたことが残念でたまらないのであろう。

「夕方まで、客をよそおい、ぶらぶらさせてもらうぜ」

「それはかまいませんがね」

相変わらず、万介は仏頂面《ぶっちょうづら》である。

常吉は、いつのまにか六兵衛がお玉の部屋の前に立っているのに気づいた。

板戸は閉じられている。もう客がいるということだった。

六兵衛はさりげなく、なかの様子をうかがっているのであろう。

閉じられた板戸を見ていると、常吉はなぜか胸が締め付けられるような感情が生じた。どうしてそんな感情を味わうのか、自分でもわからなかった。

そこに、権太が現われた。見まわりのようだ。

「こりゃ、どうも、常の兄ぃ」

ぺこりと頭をさげた。

地廻やくざに兄ぃと挨拶されて、常吉は複雑な気持ちになった。

権太は肩で風を切り、下駄《げた》を鳴らして歩いていく。

万介が聞こえよがしに、

「なんやかやで、昼飯を食いそびれてしまった。さて、昼飯でも食うかな」

と言いながら、自宅に戻っていく。

ガラリと板戸が開いて、お店者らしき若い男が出てきた。

その後ろ姿に、お玉が、

「また、お寄り」

と、声をかけている。

若い男は路地に常吉や六兵衛が立っているのを見て、あわてて面《おもて》を伏せた。急ぎ足で、木戸口に向かう。

ややあって、お玉が路地に出てきた。

「おや、常さん。まだいたのかい」

「うむ、まあ、ちょいとな」

常吉はどぎまぎした。

お玉の頰がほんのり紅潮《こうちょう》していた。たったいま、客を送り出したところを見られていたのがわかったらしい。

くるりと横を向くや、お玉が路地の奥に歩いていく。女郎は客を送り出したあと、必ず小用を足す習慣があった。一種の清めの儀式だった。

お玉の後ろ姿を見つめながら、常吉は自分が悪いことをしてしまったような気分になった。少なくとも、バツの悪い思いをさせたのはたしかであろう。なんとなく、落ち着かない。

甘い、甘い、白菊《しらぎく》甘酒でござい
継《つぎ》のあたった股引《ももひき》をはいた初老の男が路地にはいってきた。甘酒売りである。天秤棒で前後に大きな箱をかついでいた。前のほうの箱には内部に火種《ひだね》がはいっていて、真鍮《しんちゅう》製の釜《かま》が上の部分だけ姿を見せている。

かつて、甘酒売りは冬の商売だったが、近年では季節に関係なく、昼も夜も行商人が町の隅々までまわるようになっていた。

さきほど路地にいたお兼が、さっそく、

「十二文がほど、おくれ」

と、飯用の大きな茶碗を差し出した。

「はい、はい、生姜《しょうが》を入れますか」

「いや、入れないほうがよいよ」

ほかでも、つられた女が、

「甘酒屋さん」

と呼んだ。

商家の奉公人などは甘酒を飲みたいと思っても、主人や番頭の目が光っているため、昼間から行商人を呼び止めて買うなど、とてもできない。その点、裏長屋の住人は気楽だった。とくに岡場所の女たちは、買い食いにはけっこうぜいたくだった。

「はい、はい、ただいま」

甘酒売りは愛想のよい返事で答える。切見世をまわる商《あきない》は成功だったようだ。

そこに、お玉が戻ってきた。

「おい、甘酒はどうだい。俺がおごるぜ」

常吉が言った。

「おや、うれしいね」

お玉がやっと笑顔になった。

「あたしも、もらおうかね」

六兵衛も甘酒に付き合うようだ。

（四）

その夜、やはりさがしている武士は現われなかった。

人形丁、三十三間堂、三角屋敷、網打場の切見世をひたすら歩きまわった常吉は、途中で同じく見まわりをしていた六兵衛と連れ立ち、三味線屋の柏屋に戻った。

勝手口からはいると、昨夜とは様子が違った。

出迎えた主人の庄三郎は、ふたりにあがるよう勧める。

「こちらへ」

と、通されたのは、職人が三味線や琴を作る仕事場だった。

夜は無人のため、かえって内密の話には好都合の場所なのであろう。

そこには、昼食のあと本町に向かった渓斎英泉と平治がいた。

「なんの肴《さかな》もございませんが」

庄三郎がまず、ふたりに湯呑茶碗を手渡した。

なかには、冷酒がはいっていた。

行灯《あんどん》の火で照らされた仕事場には、木の削りクズひとつ落ちていない。一日の作業を終えたあと、職人たちは道具を片付け、きちんと掃除《そうじ》もしていた。

「切見世で、なにか変わったことはなかったかね」

英泉が常吉と六兵衛を見つめた。

六兵衛が答える。

「中間らしき男がうろうろしていましたが、とくにお玉に目をつけている様子はなさそうでした」

「そうですか。では、あたしのほうから、本町の成果を述べましょうか。おまえさんがたが現われるまで、じつは庄三郎さんには待ってもらっていたのですがね」

「あたしは、おあずけを食った気分でしたぞ」

そう言いながら、庄三郎がおだやかに笑った。

一座を見渡したあと、英泉があっさりと言った。

「ジンさんの身元はわかりました」

「なんですって」

常吉は嘆声を漏らした。

こうもいとも簡単に知れたことが、すぐには信じられなかった。

そんな常吉の疑問を読んだかのように、英泉が続ける。

「本町あたりで平治さんがそれとなくさぐりを入れたところ、雲母橋にほど近い本町三丁目の桜井屋《さくらいや》という呉服屋で、仁助《じんすけ》という手代が使いに出たまま戻らず、騒ぎになっていることがわかりました。さすが平治さんですな。あっというまに、聞き出してきましたよ。

お玉のところに二百五十両を置き忘れたお店者は、この仁助さんに違いありますまい。しかし、どうやって桜井屋に接触するかです。あたしもちょっと思案しましたが、こういう筋書きを考え、桜井屋の主人に会ったのです――」

根津の妓楼若竹屋の主人理助と名乗った英泉は、

「仁助さんのことで、ごく内密なお話がある」

と、桜井屋の主人に面会を求めた。

英泉はすぐに、奥の離れ座敷に案内された。

かなりの大店だけに、庭には築山《つきやま》や泉水《せんすい》が設けられていた。母屋《おもや》と離れ座敷をつなぐ渡り廊下からは、白壁の蔵が三棟建っているのが見えた。

桜井屋の主人は長右衛門《ちょうえもん》といった。四十代のなかばくらいだが、頬がこけ、目が充血している。ここ数日の心労をうかがわせた。

「仁助のことで、なにかご存知だとか」

長右衛門が用心深く口を開いた。

そぶりには見せないが、相手が女郎屋の楼主と知って、やはり警戒と嫌悪《けんお》の念がことばの端々ににじんでいた。

「へたをすると、ひとりの女が死ぬ羽目《はめ》になります。そのために、こうやって人払いまでしていただき、ふたりだけでお話をするのです。そこを、お汲《く》み取りください。

じつは、さきおとといの夜、仁助さんは本所松井町の切見世でお玉という女を買いました。そこでたまたま喧嘩騒ぎがおき、路地の木戸口が締め切られました。仁助さんはこのままでは店に帰れなくなると狼狽《ろうばい》しました。同情したお玉が機転《きてん》をきかせ、木戸からそっと逃がしました。そのとき、あわてていたため、仁助さんは金を置き忘れたのです。金は、ここにあります」

英泉がふところから切餅十個を取り出し、前に置いた。

「えっ」

驚愕で目を見開き、長右衛門は畳の上に置かれた二百五十両と英泉の顔を交互《こうご》にながめている。

「どうぞ、お受け取りください。ただし、受取証文を書いていただきますよ。さもないと、あたくしが横取りしたと誤解されかねませんからな」

「はい、もちろん証文はお渡しいたしますが」

長右衛門はまだ信じられないという面持《おもも》ちだった。

「ところで、仁助さんはなぜ、このような大金を持っていたのですか」

「津軽さまの集金でございまして……」

桜井屋は、弘前藩津軽家出入りの御用商人だった。手代の仁助は本所にある津軽家の上屋敷で集金し、その帰りだったのだ。すでに大金を持ち歩くことに慣れていたため、ひとりだったこともあって、これさいわいと、つい携帯したまま松井町の切見世に寄ったのであろう。

「あたくしどもでは、仁助が金を持ったまま出奔《しゅっぽん》したのではないか、あるいは物盗《ものと》り強盗に襲われたのではないかと案じ、ひそかに行方をさがしておったのでございます、すると仁助はいま、どこにいるのでございますか」

「最後まで、お聞きください。お玉はまっ正直な女です。すぐに仁助さんがさがしに戻ってくるだろうと思い、この金を保管していたのですが、いつまでたっても戻ってきません。

おといの朝、松井町の河岸場で若い男が刺し殺されているのが見つかりました。おそらく、仁助さんです。切見世からあわてて帰る途中、物盗りに襲われたのでしょう。

仁助さんが殺されたらしいことを知り、お玉は金を切見世の親方に届けようかとも考えましたが、思い直しました。

堅気《かたぎ》のご商売をなさっている方はご存じないでしょうが、切見世の親方は悪辣非道《あくらつひどう》の者が大部分でしてね。しかも、やくざ者が背後にいます。客人が大金を置き忘れたことをうっかり親方に告げようものなら、殺されて金を奪い取られかねません。お玉もそれが心配で、とても親方に話すことはできません。

そこで、こっそり人を頼んで、姉に相談しました。お玉の姉というのが、あたくしどもが抱えの女郎でしてね。姉が、あたくしに相談したというわけです。そんないきさつから、あたくしが乗り出し、こうして金をあずかり、お届けにあがったわけです」

「仁助は死んだ……。しかし、あたくしどもにはなんの知らせもございませんが。仁助は津軽さまのご門を出入りするための鑑札や、印形を持っておりました。すぐに身元が知れるはずですが」

「鑑札や印形は、仁助さんの財布と一緒に下手人が持ち去ったのでしょう。仁助さんは身元不明の死体として、松井町の自身番屋に置かれています。これからすぐ、たしかめに行き、もし仁助さんであれば、遺体を引き取ってください。無縁仏になるのは不憫《ふびん》ですから」

「は、はい。しかし、あなたは、わざわざ金を届けてくださるなど、なぜ……」

長右衛門は口ごもった。

相手がたんなる親切や義侠心《ぎきょうしん》だけで行動しているとは、とても信じられないらしい。裏になにか意図あるのではないか、あとで法外な要求をしてくるのではないかと疑心《ぎしん》暗鬼《あんき》になっていた。

「さきほども申しましたが、この金のことが知れると、お玉の身は危ないのです。あたくしの願いはただひとつ、お玉を守ってやることです。正直に金を保管していたお玉を、あなたも見殺しにはできますまい」

「も、もちろんです」

気圧《けお》されたように、長右衛門がうなずく。

英泉がことばに力をこめた。

「では、この金のことはお役人には内密にしてください。仁助さんは津軽さまのお屋敷で二百五十両を受け取るとまっすぐ店に戻り、帳場に届けた。そのあと、ひとりで松井町に出かけた。そこで何者かに襲われ、殺された――。そういうことにしてください。そうすれば、お玉に危害はおよびません。それに、集金帰りの手代が大金を持ったまま切見世に寄っていたとなれば、桜井屋の信用にも傷がつくはず」

「たしかに、おっしゃる通りでございますな。ご配慮には感服《かんぷく》の至りです。承知いたしました。仰《おお》せの通りにいたしましょう。しかし、仁助を殺したのはいったい……」

「いまのところ、まったく不明ですが、下手人はいずれ召し捕られるでしょう。詮議《せんぎ》はお役人に任せるしかありませんな。いまは、仁助さんの遺体を引き取ることが先決ではありませんか」

「さようですな。おっしゃる通りです。これからすぐ、番頭を松井町に遣《や》りましょう」

長右衛門もついに、仁助が大金を携帯していなかったとする筋書きに同意した。桜井屋にとってもそのほうが世間体《せけんてい》がよいし、仁助の名誉も守られるからだった。

最後に英泉は、自分が浮世絵師であることを明かした。

「えっ、あなたが、あの渓斎英泉先生……」

驚愕のあまり、長右衛門は目を見開いていた。

続いて、

「はい、すべて承知いたしました」

と、大きくうなずく。

英泉が最初から自分の名声を前面に出して面会を求めてこなかったことで、逆に信用を深めたのだ――。

＊

これまでの経過を説明したあと、英泉が言った。

「あたしと平治さんも同行して、桜井屋の番頭が松井町に行き、遺体をたしかめました。

やはり、仁助さんでした。

番頭が舟を雇い、遺体を引き取って運ぶのを見届けてから、あたしと平治さんはこっち仲町に来たのですがね。桜井屋はいまごろ、仁助さんの葬式の準備で大騒ぎでしょうな。ともかく、仁助さんは大金を所持していなかったことになりました。これで、松井町の切見世は警動をまぬかれます」

「すると、仁助さんを殺したのは……」

その庄三郎の質問は、常吉が同様にいだいた疑問でもあった。

「おそらく、弘前藩津軽家の中間でしょうな。あたしが想像する筋書きでは――」

津軽家の中間は、仁助が屋敷で大金を受け取ったのを知っていた。

日が暮れてから、中間は松井町の切見世に出かけた。なにか騒ぎがおきたのか、木戸が閉め切られている。去りがたいものがあって、野次馬にまじって見物していた。

木戸が開き、男が飛び出してきた。

ふと見ると、仁助だった。あわてふためき、ただならぬ様子である。

中間は、そっと仁助のあとをつけた。ふところには、集金した大金がはいっているはずだった。

すでに周囲は暗くなっている。あたりに人影はない。

大金を奪い取る絶好の機会だった。

中間は松井町の河岸場で仁助に追いつき、たまたま隠し持っていた匕首《あいくち》か包丁で刺し殺した。ふところをさぐったが、目的の大金はなかった。鑑札や印形、いくばくかの金がはいった仁助の財布を奪ったあと、腹立ちまぎれに死体を竪川に放り込んだ。

川面が暗かったため、繋留《けいりゅう》されている舟に引っかかったまでは気づかなかった。

その後、考えたあげく、中間も仁助が集金した大金を切見世に忘れてきたのではないかと思いついた。それをさぐるため、あのとき仁助が買った女をさがしている……。

「――と、こういうわけですな」

英泉が推理を披露《ひろう》した。

「なるほど、それですべて辻褄《つじつま》は合いますな」

庄三郎が得心した。

その快刀乱麻《かいとうらんま》を断つような説明に、常吉はほとほと感心した。じつは、閉じた木戸を乗り越えるため強引に野次馬を押し分けて進んだとき、「痛え、足を踏みやがったな。押すな、おい、押すんじゃねえよ」と怒鳴っていた中間がその男だったのだが、もちろん常吉は覚えていなかった。

「津軽屋敷の中間には、悪いやからが多いですからな。数人で連れ立って大店に押しかけては、せいぜい五十文くらいの草鞋《わらじ》を四百文くらいに売りつけます。買わないかぎり店先から動きませんから、やむなく、使いもしない草鞋を大量に買い込む羽目になります」

六兵衛が言った。

平治が補足する。

「あのあたりに住む旗本《はたもと》、御家人《ごけにん》にもタチの悪い連中が多いですからな。大店の丁稚小僧が通りに打ち水をしていると、連中はわざと袴《はかま》に水がはねるように仕向け、『武士に対して無礼である。手討ちにいたす』などとねじ込み、けっきょくは詫《わ》び金を受け取るわけです。もう、手のつけられない悪旗本や不良御家人がいますよ」

ふたりは行商でくまなく歩いているだけに、本所に住む小身の幕臣や、津軽屋敷の中間が町人相手に強請《ゆす》りタカリ、押し売りまがいの悪事を働いている実態をよく知っていた。

しばらく考えたあと、庄三郎が英泉に問いかけた。

「その中間の処置はどうしましょうか」

「それが難問です。町奉行所がさっさと召し捕ってくれればよいのですが、いまもって目途《めど》がついていないのでしょうな。放っておくと、中間が仲間と徒党《ととう》を組んで切見世に押しかけ、騒ぎをおこしかねません。仁助殺しの下手人を捕らえるのはわれらの仕事ではないのですが、こうなると漫然《まんぜん》と手をこまねいているわけにもいきません。早目に手を打ったほうがよいですな。

とりあえず、これまでの経緯をお奉行にお伝えしましょう。中間をどうするかは、お奉行と相談して決めましょう。これから、新地にご一緒願えますか」

と、英泉は庄三郎、六兵衛、平治の顔を順にながめた。

三人が「はい」とうなずく。

「常吉さん、今夜のところは、おまえさんは帰ってけっこうですよ」

「そうですかい」

常吉は感情を殺して答えたが、内心では英泉のことばがおもしろくなかった。

これまで、さんざん深みに引きずりこんでおきながら、急に鼻先で扉を閉じられたような気がした。

それに、英泉の言う「お奉行」とはいったい誰のことなのだろうか。まさか、町奉行所の奉行のことではあるまい。それに、四人がこれから向かう新地とは、深川七場所のひとつの新地に違いない。不審はつのるいっぽうである。

肝心のことは質問してもはぐらかされ、いまだに要領を得ない。常吉の不満は高まった。

そんな常吉の不機嫌をなだめるかのように、庄三郎が紙包みを押しやった。

「おまえさんには仕事を休ませてしまっています。とりあえず、これを受け取ってください」

当面の生活費ということだった。

常吉も余裕のある身ではないだけに、

「そりゃ、どうも」

と、つい手を出してしまったが、自分が金で慰撫された気がして、ますますおもしろくなかった。

第五章　闇町奉行所

（一）

弘前藩津軽家の上屋敷は長方形の敷地で、面積はおよそ八千坪あった。

大名屋敷としてはけっして広壮《こうそう》というほどではないが、周囲には微禄《びろく》の幕臣の屋敷がびっしりと建ち並んでいるだけに、敷地の広大さが際立《きわだ》っていた。

常吉はちょうど、海鼠塀《なまこべい》で囲まれた敷地を一周したところである。着物を尻っ端折りして足駄《あしだ》をはき、傘をさしていた。

「なかの様子は、なんにもわからねえや」

傘をかたむけ、常吉は高い塀を見あげながらつぶやいた。

黒い屋根瓦はしっとりと濡《ぬ》れている。

きょうは、朝から雨だった。

このところ仕事は休んでいたが、仕事に復帰していたとしても、どっちみち休みだった。雨の日は、屋根葺きの作業はできない。

「仁助を殺した中間はこの津軽屋敷のなかに、お勢を殺した侍はきっとこのあたりのどこかの屋敷に住んでいる」

そう思うと、常吉はとても平静ではいられなかった。

「必ず見つけ出してやる」

気分が反映するのか、足取りが荒々しい。足駄で泥水《どろみず》をはねあげながら、津軽屋敷をあとにした。

幕臣の屋敷が建ち並ぶ一帯となった。

狭い道の両側には、延々と板塀が続いていた。ひとつの板塀が途切れても、つぎの屋敷の板塀となる。

道にはほとんど人通りはなかった。多くの行商人も雨に降り込められているのであろう。

常吉は朝から長屋を飛び出し、雨のなかをひたすら徘徊《はいかい》していた。なまじ家のなかにいると、仕事が休みになった要助や孫平が様子を見に来るかもしれなかった。そうなると、面倒である。ふたりを避けるため、雨にもかかわらず早々と外出したのだが、もうひとつには昨夜の、自分ひとり土壇場《どたんば》ではずされた憤懣《ふんまん》があった。歩きまわることで鬱憤《うっぷん》晴らしをしていたのだ。ひとりで侍を見つけ出し、渓斎英泉らの鼻を明かしてやりたいという野心もあった。

「あっ」

と思わず叫びそうになったが、常吉はかろうじて声を呑み込んだ。

向こうから来る侍の貧相《ひんそう》な容貌に、見覚えがあったのだ。

常吉はあわてて目を伏せた。心臓の鼓動《こどう》が喉《のど》もとまでこみあげてきた。

うつむき加減で、すれ違う。バシャ、バシャと泥水がはねた。相手が素足に下駄ばきで、朱鞘《しゅざや》の大小を腰に差しているのが見えた。

脇の下から冷や汗がツツーと伝って落ちる。

息苦しいほどだった。

いったんやり過ごしたあと、常吉はそっと振り返った。

侍の背中に、とくに気づいた様子はない。それまでと変わらぬ歩調で歩いていた。

常吉は迷った。

道にはほとんど人通りがないだけに、へたに尾行をすると、勘付かれる恐れがあった。六兵衛や平治の助力もなく、自分ひとりというのも心細い。しかし、千載一遇《せんざいいちぐう》の好機だった。この機会を逃せば、こうして偶然出会うことなど、二度とないかもしれない。

(よし、あとをつけよう)

これまで人を尾行した経験はなかったが、常吉もそれなりに頭を働かせ、工夫《くふう》をした。

見通せる場所ではできるだけ距離をとり、相手が横にまがって姿が見えなくなると、足を速めて一気にあいだを詰めた。

（どこかに出かけるのだろうか。それとも、外出先から屋敷に戻るところだろうか）

侍が歩いているのは、幕臣の屋敷が建ち並んだ一帯だった。板塀のところどころには犬や猫が出入りできるほどの隙間《すきま》があき、傾きかけた木戸門もあった。あたりの武家が貧窮《ひんきゅう》していることがうかがえた。

後ろ姿が、ふっと右手に消えた。

常吉は足を速めた。

急いで板塀の角をまがると、そこに侍が雨に濡れながら立っていた。傘はすぼめて、そばの板塀に立てかけている。

「なぜ、拙者《せっしゃ》のあとをつける」

上目遣いに、ねめつけていた。

「いえ、あっしは用があって、あっちからこっちに歩いているんでさ」

常吉は傘を傾け、自分の顔を隠そうとした。

「きさま、岡っ引の手下か」

そのことばから、侍が先日、切見世の木戸口で突き当たりそうになった相手の人相はまったく覚えていないことがわかった。

「いえ、あっしはただの職人でさ」

「ほう、ただの職人か」

そう言いながら、侍はすばやくあたりを見まわした。

人通りがないことをたしかめたあと、左手で腰の大刀の鞘《さや》をにぎり、右手で柄《つか》をつかんだ。

(刀を抜く気だ)

常吉は胃を鷲《わし》づかみにされた気がした。

ふたりの体はあまりに接近していた。逃げようとすれば、背中を斬りつけられるであろう。

とっさに、開いたままの傘を相手の顔面に押し付けた。

バサッと音を立てて、傘が地面に落ちた。油紙に大きな裂《さ》け目ができていた。

侍が抜き打ちにしたのだ。

あらためて刀を振りかぶり、侍がじりじりと迫ってくる。

常吉は袖のなかに入れていたものを取り出し、口に含んだ。

「死ね」

侍が真っ向から斬り込もうとした。

ピュ、ピュと音が発した。
「あっ」
と、叫んで、侍は刀を振りかぶったまま棒立ちになった。
常吉の口から発せられた竹釘が、左頬と右瞼《まぶた》の下に突き刺さっていた。
相手はあわてて左手で顔面をまさぐり、突き刺さった異物を抜き取ろうとしている。
突然の痛感に、いったいなにがおきたのか、まだよくわかっていなかった。
顔面をさぐる手の甲に、常吉が残りの一本を射ち込んだ。
「わわ」
と叫びながら、侍は手のひらで両目をおおう。
目を突かれる恐怖に襲われたようだ。
その隙に、常吉は身をひるがえし、走り出した。
体がつんのめりそうになる。
足駄のまま走っていたのだ。
いったん足駄を脱ぎ、両手に持つや、はだしになって一目散《いちもくさん》に走った。

＊

「どうしたのです」

「長屋は留守だったので、さがしていたのですよ。もしかしたら、ひとりで武家屋敷の探索をしているのかもしれないと思いましてね」

常吉の前途に立ちふさがったのは、六兵衛と平治だった。

ふたりとも桐油合羽《とうゆがっぱ》を着て、笠をかぶっている。

「あの侍がいた。もう少しで、斬られるところだった」

肩で息をしながら、常吉が途切れ途切れに言った。

六兵衛が急《せ》き込んだ。

「侍を見つけたのですか」

「ああ。あとをつけようとしたんだが、途中で待ち伏せていた」

「えっ、ということは、侍に見破られたのですか」

「なぜ、そんな勝手なことをしたのです」

ふたりが気色《けしき》ばんだ。

その語調は、いつになくきびしかった。

それまで、助かったという安堵《あんど》感しかなかった常吉だが、自分が大失態《しったい》をしてしまったことを悟った。痛切な自責《じせき》の念がこみあげてくる。

常吉は悄然《しょうぜん》として、

「あっしを岡っ引の手下と間違えたようだった」

と、いきさつを説明した。

六兵衛と平治は顔を見合わせ、

「まだ遠くへは行っていないですな」

「顔に怪我《けが》しているので、まっすぐ屋敷に戻るでしょう」

と、うなずき合う。

平治が言った。

「六兵衛さんとあたしは、これから手分けして侍をさがします」

「おまえさんは、いったん長屋に戻り、湯屋に行ったほうがよいですな。湯屋で待っていてください」

六兵衛が常吉の全身を、上から下までながめた。

傘を捨ててしまったため、常吉は全身濡れ鼠《ねずみ》だった。しかも、下半身は泥水がはねて、泥だらけである。

「じゃあ、あっしは、大黒湯《だいこくゆ》の二階にいますぜ」

常吉は、本所緑町にある銭湯を告げた。

「急ぎましょう」

と、六兵衛と平治がさっさと歩き出した。

ふたりはもう、打ちしおれている常吉のほうを振り向きもしない。

（二）

男湯には、二階に通じる階段が設けられている。

二階には専用の番台があり、番頭が座っていた。

番台の左右に十一畳と九畳の座敷があった。煙草盆や将棋、囲碁が備え付けられているし、菓子も売っている。

入浴後の男たちは二階座敷で涼《すず》みがてら、茶を飲み菓子を食べながら雑談したり、将棋や碁に興じたりすることができた。男だけの特権だった。

ひと風呂浴びた常吉はさきほどから二階座敷に来て、窓のそばに座り込み、雨にけぶる通りと、その先にある竪川の流れをじっと見つめていたが、その目にはほとんどなにも映っていなかった。頭のなかは、自分がしでかした失策への後悔《こうかい》の念でいっぱいだったのだ。

これで、侍は自分が町奉行所に目をつけられていると悟ったに違いない。もう、深川の切見世には行かないであろう。待ち伏せ計画は水泡《すいほう》に帰したことになる。それどころか、侍は用心して、当分のあいだ屋敷から一歩も出ないかもしれない。

（ああ、俺はすべてを台無しにしてしまった）

常吉は焦慮感《しょうりょ》で狂おしいほどだった。自分で自分の頭を殴りつけたかった。お勢の敵を討つこともこれでかなわなくなったかと思うと、情けなさに涙が出そうだった。

そのとき、のんきな声がかかった。

「おい、常公じゃねえか。暇《ひま》そうだな。俺もきょうは仕事が休みでよ。湯屋ぐらいしか行くところがなくってなぁ。情けねえ話よ」

顔見知りの大工だった。

あばた面《づら》が桜色に上気していた。熱い湯に我慢して長時間つかっていたのであろう。反《そ》っ歯をむき出し、ニヤニヤしている。

「なんでぇ、俺になにか用か」

その喧嘩腰の物言いと険悪な視線に、気軽に話しかけてきた大工もあっけにとられていた。

「なに怒っているんだ。妙な野郎だぜ。ああ、そうか、無理もねえがな」

初めは憤然としていたが、大工も途中で、常吉の馴染みの女郎が病気で急死したという噂を思い出したのであろう。

「まあ、そう落ち込むなよ」

ひとりで常吉の不機嫌を納得し、気の毒そうな表情を浮かべてそそくさと退散した。

それでも、気落ちした様子はない。

「おい、将棋をやらねえか」

と、ほかの顔見知りの男に声をかけていた。

知り合いの大工を邪険《じゃけん》に追い払ったあと、常吉はふたたび外に目をやった。

雨にもかかわらず、竪川を荷舟が行き交っている。船頭は蓑笠《みのかさ》をまとって櫓《ろ》を漕《こ》いでいた。

ふーッと、大きなため息をついた。

頭のなかは悔恨《かいこん》でいっぱいで、なにも考えられない。

出るのは、ため息ばかりだった。

「どうです、ひとつ」

振り返ると、六兵衛だった。

茶と饅頭《まんじゅう》を常吉の前に置いて、勧《すす》めた。

顔の色艶《いろつや》がよい。ひと風呂浴びたあと、二階にあがってきて番台で菓子を買ったようだ。

「申し訳ないことをしてしまって。あっしが間抜けでした」

常吉は頭をさげ、唇を嚙んだ。

勧められても、とても饅頭を口にする気分ではなかった。

六兵衛が莞爾《かんじ》として笑った。

「気に病《や》むことはありませんよ。怪我の功名《こうみょう》だったかもしれません」

「どういうことです」

「おかげで、侍の屋敷がわかりました」

「えっ、本当ですか」

「しっ、小さな声で」

注意したあと、六兵衛がにじり寄ってきた。

「顔に手ぬぐいを押し当てて歩いている侍を見つけましてね。手ぬぐいには血がにじんでいました。英泉先生が描いた似顔絵とそっくりでしたよ。もう間違いっこありません。あたしと平治さんで交代しながら、見え隠れにあとをつけたのです。ついに屋敷を突き止めましたよ」

「そうでしたか。で、名前は」

「急《せ》いては事を仕損《しそん》じますからな。きょうのところは、遠くから屋敷を突き止めるだけにしておきました。屋敷さえわかれば、もうあとはこっちのものです。行商人のかっこうをしているときに、世間話をよそおい、近所で聞き出します」

「なるほど。そうでしたか。では遠慮なく、いただきますぜ」

常吉は茶碗を手に取り、ごくりと茶を飲んだ。

続いて、饅頭にも手をのばす。

急に食欲が出てきたのが、自分でもおかしかった。

「事情が大いに変わってきましたからな。善後策《ぜんごさく》を考えるため、平治さんは根津に向かいました」

「すると、あっしは、これからどうすればよいのでしょうか」

「ひとつ、やってもらいたいことがあります。じつは、昨夜きまったのですがね。さきほど、長屋におまえさんを訪ねたのも、それを知らせるためだったのです」

六兵衛があらたな作戦と任務を説明した。

聞き終えると、常吉は力強く受け合った。

今度こそ、名誉挽回《めいよばんかい》するつもりだった。

「わかりやした。やりましょう。ところで、おまえさんと平治さんは、どこに住んでいるんですかい」

ついでに、以前から気になっていたことを質問した。

六兵衛ははぐらかす。

「浅草のどこかと申しておきましょう。さいわいなことに、雨もやんだようです」

つられて、常吉も外に目をやった。

雲の塊《かたまり》の合間から、まぶしいばかりの光の束《たば》がこぼれている。

竪川の彼方は深川である。その向こうには江戸湾の海が広がっている。常吉は、陽の光を反射してキラキラと輝いている海を想像した。なんとなく、心が浮き立ってくる。

屋根の上で、雀《すずめ》がしきりにさえずっていた。

「では、あたしは荷をかついで、商売に行きます。津軽屋敷のあたりで噂をまいてきますよ」

そう言うや、六兵衛がすっくと立ちあがった。

（三）

路地に西日が差し込んでいた。

朝から降り続いた雨で、切見世の板壁はまだ湿りをおびている。そこに強い西日があたり、板の木目があざやかだった。

板壁の下のわずかな地面に、ひとかたまりの雑草が生《お》い茂っている。人目を避けるように、小さな白い花が咲いていた。路地のなかで、かろうじて人の足に踏まれない場所を見つけて生き延びているのだ。

「早く日が暮れてくれないかねぇ」

「おや、さっきは『早く雨があがってくれないかねぇ』と愚痴《ぐち》っていたじゃないか」

「そうだったね」

路地をはさんで、お銀とお兼が大笑いをしていた。

そのとき、中形木綿《ちゅうがたもめん》の着物を尻っ端折りした男が路地にはいってきた。

二十代のなかばくらいで、中肉中背だが、身長の割りに頭が大きく、顎《あご》も張っていた。

あちこちから、いっせいに声がかかる。

男はそんな誘いには見向きもせず、

「お玉さんという女はいるけえ」

と、誰にともなく尋ねた。

お銀とお兼がそれぞれ、

「お玉さんなら向かいだよ」

「隣だよ」

と、指差して教えた。

男はうなずき、お玉の部屋の前に立った。

板戸はあいていた。

「おめえが、お玉さんか」

「あい」

「友達に、おめえのあそこの具合がすこぶるいいと聞いてよ。俺もためしてみたくってな。あがらせてもらうぜ」

ずいと、なかにはいった。

お玉が土間におり、板戸を閉めた。

「そんなことを吹聴《ふいちょう》する友達って、誰だい」

「桜井屋の、仁助という手代さ。俺は一太《いちた》という者だがね。ちょいと、耳を貸しねえ」

一太と名乗った男は、ピタリとお玉のそばに寄った。

「なんだい。しないのかい」

「もっと大事な話がある。おめえ、仁助さんの忘れ物をあずかっているそうだな」

「そうなんだよ。ところが、仁さんがいっこうに取りにこないのさ。あたしも、困っているんだよ」

「じつは、仁助さんはちょいと出て来れない事情があってな。喧嘩に巻き込まれて、怪我をしちまってな。そこで、俺が代わりにやってきたというわけだ」

「本人じゃないと、渡せないよ」

きっぱりと、お玉が言い放った。

表情も途端にきびしくなった。
一太は小声で、
「本人は動けないんだから、仕方がないじゃねえか。その代わり、俺は仁助さんから
これをあずかってきた。見ろよ。仁助さんの代理の証拠だ」
と、ふところから鑑札と印形を取り出した。
木製の鑑札には、表と裏にそれぞれ、
御門出入札　津軽越中守《えつちゆうのかみ》　壹人《ひとり》
文政元戊寅《ぼいん》年十月改　桜井屋長右衛門　下人《げにん》
と墨書《すみが》きされていた。
下人とは、商家の奉公人のことである。
上部に穴をあけて、藤色の紐《ひも》が通されている。紐には赤黒い汚れがあった。血の染《し》
みであろう。
象牙《ぞうげ》製の印形には「桜井屋」と彫《ほ》られていた。
お玉は鑑札と印形を手に取ってしげしげとながめ、
「たいしたものだね」

と、感心してみせた。

一太は笑いをこらえている。女は字が読めないのに、さもわかったふりをしていると思っていた。馬鹿にしたいのを我慢し、おもねるように言った。

「これで、俺が仁さんに頼まれてきたことはわかったろう」

「そうだね。間違いないね」

「あずかっていた物を出してくんな。これまであずかってくれた礼に、一割はおめえにやるぜ」

「そりゃうれしいね」

「どこにある」

一太が勢い込んだ。

黙って、お玉は天井の一画を指差した。

「天井裏か。考えたな。しかし、手が届かねえぜ」

「簞笥《たんす》にのれば届くよ」

土間の横の狭い板張りに、小さな衣装簞笥や、茶簞笥、鏡台などが置かれていた。

一太が衣装簞笥を軽々と持ちあげて、移動させた。

「おまえさんが上にのっておくれ。あたしは、高いところは苦手《にがて》さ。隅っこの天井板が一枚、はずれるよ」

「よし。ここだな」

簞笥の上にのった一太は、天井板を押しあげてはずした。

四角い暗闇がぽっかりと口をあけた。

やはり、薄気味が悪いらしい。一太は恐る恐る右手を暗闇のなかにさしこみ、天井裏をまさぐっている。

「ないぞ」

「もっと右の奥だよ。奥に放り込んだからね」

「こっちか」

手ごたえがないため、一太はいつのまにか爪先立ちになって、右手を奥へ奥へと差し込む。

「わっ」

一太が狼狽《ろうばい》の悲鳴をあげた。

あわてて右手を天井裏から引き抜こうとするが、びくともしない。

すかさず、お玉が両手で簞笥を押し、畳の上をすべらせた。

ブラーンと、一太の体が宙にぶらさがった。

「痛い、痛い」

と、苦悶《くもん》の声で叫んだ。

一太の右手首には紐《ひも》が巻き付いている。その紐で、つるされていたのだ。

「全部聞かせてもらったぜ」

四角い暗闇のなかから、ひょっこりと常吉が頭を出した。さかさになった顔のまま、ニヤリとお玉に笑いかけた。

さきほどから、常吉は天井裏にひそんでいたのだ。

屋根葺き職人だけに、梁《はり》の上での動作には慣れていた。一太が右手を差し込んできたとき、用意していた紐の輪をさっと引っ掛けたのだ。紐の反対側は梁に固く巻きついていた。

いったん、常吉の顔が引っ込んだ。今度は足が見えたかと思うや、狭い隙間をくぐり抜け、トンと飛び降りてきた。ほとんど物音も振動もしない。まるで、猫のような身の軽さとしなやかさだった。

その常吉の体に、お玉がすがりついた。

「常さん、恐かった、恐かった」

張りつめていたものが途切れたのであろう、お玉は常吉の肩に頰を押し当て、すすり泣いた。涙が男の首筋を濡らした。

「もう、だいじょうぶだぜ。俺がついてらぁ」

常吉はお玉を抱きしめた。

やわらかで、豊満で、温かな感触だった。

(ああ、女の体だ)

心のなかで、しみじみと言った。

甘く、せつない感情が胸にこみあげてくる。女の体が悲しいほどにいとおしかった。

「お見事、お見事。お玉さん、ご苦労でしたな。よくやってくれました」

板戸が開いて、六兵衛が顔を出した。

お玉がいっそう激しくしゃくりあげた。

宙づりになった一太を、六兵衛が軽く揺すった。

「もう、言い逃れはできませんよ。おまえさんが桜井屋の仁助さんを殺した。この鑑札と印形を持っていたのが、なによりの証拠だ」

「うう、ううう、おろしてくれ、肩が抜ける、腕がちぎれる」

一太が乱杭歯《らんぐいば》をむき出し、苦痛にうめいた。

右の手首は紫色に変色していた。

＊

親方の万介の家で、長火鉢をはさみ、常吉と六兵衛が万介と対していた。

路地に縛《しば》られた一太が転がっている。地廻やくざの権太と八五郎がそばに立ち、見張っていた。

そんな一太を横目で見ながら、六兵衛が言った。

「あたしは、津軽さまのお屋敷にも時々、商売に出かけております。行商人であれば、門も通してくれますからな。きょう、荷をかついでお長屋をまわりながら、

『松井町の切見世のお玉という女のところに、お店者が大事な忘れ物をしたまま、いまだに取りにこない。お玉は困りきっているそうだ』

という噂を流したのですよ。

聞きつけた一太は欲に目がくらみ、のこのこやってきたというわけですな。すでに、常吉さんとお玉さんが網を張っていたのですがね」

万介は渋面のままだった。

一太を捕らえたところで、自分は一文の得にもならないと思っているのであろう。いまだに、お玉が保管していた二百五十両があきらめきれないらしい。

そんな万介を、六兵衛が諄々《じゅんじゅん》と諭《さと》した。

「一太は岡っ引の清蔵親分に引き渡してください。そのとき、大切なのは、清蔵親分に手柄《てがら》を譲《ゆず》ることとです。親分に花を持たせるわけですな。そうしておけば、今後、切見世で多少の騒ぎがおきても、目をつぶってくれるでしょう。よろしいですね」

「清蔵親分に恩《おん》を売るわけですな」

「一太が捕らえられたことで、殺された仁助さんの霊も浮かばれることでしょう。後日、桜井屋がおまえさんに、それなりの謝礼をするはずです。なにしろ本町の大店《おおだな》ですから、酒と鰹節《かつおぶし》だけということはありません。おそらく別途に十両くらいは包むでしょうな」

金額を耳にして、万介の眉が動いた。

まさに、愁眉《しゅうび》を開いたという形容がふさわしかった。

「そりゃあ、ありがたいことで。わっしも、このところ商売の邪魔《じゃま》をされてばかりでしたからな」

万介は嫌味を言ったが、その目には喜色があふれていた。

そばで聞きながら、常吉はお玉のことを考えていた。

一太が町奉行所に引き渡されることで、仁助殺しは一件落着となる。親方の万介も謝礼をもらう。

だが、お玉はどうなるのだろうか。そもそも二百五十両を正直に保管していたのはお玉だし、一太を捕らえるに際しても身の危険をかえりみず力を貸した。そのお玉がこのままというのでは、あまりに不公平な気がした。

「お玉さんはどうなります」

思い切って、常吉が口に出した。

「わっしが褒美《ほうび》をくれてやりますよ。あいつも、それなりに働きましたからな」

万介がもったいぶったが、褒美といってもせいぜい一分金か二朱銀を渡す程度であろう。

なおも常吉が言いつのろうとするのを、六兵衛がやんわり制止した。

「お玉さんは万介さんの抱えです。親方に任せましょう」

そっと、目配せしてくる。

ここは、事を荒立てるなと言う意味だった。

常吉もそれを察して、口を閉じた。

「さて、あたしどもはこれで退散いたしますが、これで、お玉さんをはじめ、お銀さんやお兼さんら、みなさんに天ぷら蕎麦と酒でも取ってあげてくださいな」

と、六兵衛が財布から小粒金《こつぶきん》を二粒取り出した。

合わせて二分という金額に、万介が目を剝《む》いた。

「もちろん、あたしからではなく、親方のおごりということにしてください」

「へへ、そりゃどうも」

万介の機嫌《きげん》がますますよくなった。

（四）

行き交う舟の提灯《ちょうちん》の明りが竪川の流れに映り、ゆらゆらと揺れていた。

一ツ目之橋のたもとにある河岸場である。

日が暮れたため、すでに荷物の積みおろしをする人足たちの姿はないが、その代わり猪牙舟や屋根舟に乗って吉原や深川に繰り出す男たちでにぎわっていた。

一太を万介に任せて切見世を出たあと、常吉は六兵衛にともなわれて河岸場にやってきたのだ。

桟橋に繋留されている舟を見渡しながら、

「おーい」

と、六兵衛が呼んだ。

「ここだ、ここだ」

と、平治の声が返ってきた。

「あそこですな。舟に乗りますぞ」

六兵衛がさきに立ち、桟橋を進む。

常吉がそのあとに続いた。

屋根舟に乗り込むとき、ちらと見ると、船頭は大柄な男だった。年齢は二十代のなかばくらいであろう。赤銅色《しゃくどういろ》に日焼けした、いかつい風貌だった。体つきも筋骨たくましいため、どことなく仁王像を思わせた。黒びろうどの平絎《ひらぐけ》の帯に手ぬぐいをはさんでいる。

舟の座敷には、平治のほかに渓斎英泉と柏屋庄三郎、それに常吉が初めて見る老人がいた。

総勢六人だけに、かなり狭苦しい。膝と膝を突き合わさんばかりだった。そんななかにあって、黒八丈《くろはちじょう》の羽織を着たその老人だけは、無作法に白足袋《しろたび》をはいた足を投げ出していた。

鶴のように痩《や》せたという形容がふさわしいであろう。手も脚《あし》も枯《か》れ木のように細かった。髪も真っ白である。それでいて、頬はふっくらと血色がよく、目にも精気があった。

庄三郎が老人を紹介した。

「お奉行の舞鶴屋次郎左衛門《まいづるやじろうざえもん》さんでございます。足がお悪いので」

途中で次郎左衛門が引き取り、

「足萎《あしな》えじゃ。いったん座り込むと、もう動けぬ」

と、笑った。

体つきに似合わぬ、低く力強い声だった。

（この人が、奉行か）

常吉はやっとわかった気がした。しかし、考えてみると、まだなにもわかっていない。さらなる説明を待つしかなかった。

「出しておくれ」

平治が船頭に命じた。

「へい。承知」

船頭が威勢のよい返事をした
棹で、屋根舟を桟橋から引き離す。

やがて、櫓を使い始めた。

ギイ、ギイと櫓がきしみ、舟は一定の周期で揺れる。

「さっそくですが」

と、六兵衛が一太の件を報告した。

次郎左衛門は目をつぶって、黙って聞き入っている。

舟が大きく揺れ、バシャッと波が船べりにはじけた。竪川から隅田川にはいったようだ。

聞き終えると、みなは次郎左衛門を注視した。その態度には、畏敬《いけい》の念がうかがわれた。

「よし、これで仁助殺しは一件落着じゃな。一太は仁助さんを殺し、財布のいくばくかの金と、鑑札や印形を奪った。仁助さんが二百五十両を持っていると思ったのは、あくまで一太の勘違いだった、というわけじゃ」

半眼のまま、次郎左衛門が言った。

そのあと、目を見開き、常吉を凝視《ぎょうし》した。

「おまえさんも、よくやってくれた」

「へい。お役に立てたなら、さいわいです」

常吉はなんとなく圧倒されるものを感じた。

下半身が不自由なひ弱な老人に、自分がなぜこうも気圧《けお》されるのか、よくわからなかった。

やおら、英泉が口を開いた。

「舟にしたのは、おまえさんをお奉行に引き合わせることもあるが、絶対に盗み聞きをされないための用心でもある。じつは、船頭もわれらの仲間でしてね」

そのあいだに、庄三郎が用意してきた酒器をかいがいしく取り出し、酒をそそいでめいめいに配った。

常吉はいよいよだと思った。胸の動悸《どうき》が早くなった。

「いずれきちんと話をすると約束しましたな。これから、すべてを打ち明けましょう。われらは、闇町《やみまち》奉行所の役人です。次郎左衛門さんがお奉行、庄三郎さんとあたしは与力、六兵衛さんと平治さんは同心でしてな。

では、庄三郎さん、お願いしますよ。こういう説明は、おまえさんの語り口がいちばんわかりやすいから」

英泉がうながした。

喉をうるおすかのように、庄三郎が酒を口に含んだ。

＊

「先日、安宅と薮下の岡場所が取り払いになったいきさつは述べましたな。これを受けて、闇町奉行所ができたのです。北町奉行所でも南町奉行所でもない、闇のなかの奉行所という意味ですがね。その存在は、お上《かみ》にはもちろん、世間にも秘密です。

岡場所で人殺しや、強盗や、喧嘩などの騒ぎがおきたとき、へたにお上に届けると藪蛇《やぶへび》になり、取り潰しになりかねません。お上に頼らず、自分たちで処理せざるを得ません。もちろん、たいていのもめごとは楼主や親方、地廻やくざが片付けますが、連中の手に負えない、いや、連中に任せられない場合があります。そういうとき、闇町奉行所が動くのです。

深川の岡場所の有力者が金を出し合って、この秘密の奉行所が作られました。お奉行の次郎左衛門さんは中心人物のおひとりです。

当初は、深川七場所連合のようなものでした。ところが、去年の十二月以来というもの根津、音羽、赤坂、鮫河橋と連続して女が殺され、事情が変わってきました。まかり間違うと、お上の介入を招きます。各地の岡場所も陸続《りくぞく》として闇町奉行所に加わるようになりました。いまでは、岡場所連合といえましょうな。岡場所の楼主や親方は、『闇』の鑑札を見せられたら、いっさい逆らわないというのが掟《おきて》です。

われらはひそかに、下手人を探索《たんさく》していました。そんななか、松井町でお勢さんが殺されたわけですが。

いっぽう、お勢さんが殺されたのとほぼ時を同じくして、桜井屋の手代の仁助さんが大金をお玉さんのところに置き忘れ、そのあと近所の河岸場で殺されました。岡っ引の清蔵親分は殺されたお店者の足取りをさぐるため、中間の一太は金の行方をさぐるため、切見世でいろいろと尋ねまわりました。これを見て、親方の万介はお勢さんの死を隠蔽《いんぺい》したことがばれ、いよいよお上の警動があると誤解したのです。そこで、闇町奉行所に泣きついてきたわけです。

けっきょく、お勢さんの殺しと仁助さんの殺しはまったくの無関係だったわけで、また仁助さんの殺しはすでに解決しました。残るのは、連続殺しの下手人である侍です。それもきょう、ついに侍の屋敷を突き止めることができました」

ようやく、庄三郎の話が終わった。

常吉が質問した。

「その闇町奉行所はどこにあるのです。闇の役人は何人いるのですか」

「その前に、おまえさんにたしかめたいことがあります」

英泉が口をはさんだ。

それに呼応するかのように、庄三郎がそっと右手をふところにすべり込ませた。

「われらがおまえさんを招き入れたのは、おまえさんが侍の唯一の目撃者だったからです。その後、おまえさんの働きぶりを注意深く見つめていたのだが、なかなか頭も切れるし、勇気があるところも気に入った。われらの仲間にはいる気はないかね。つまり、闇町奉行所の同心にならないかということです。もちろん、普段《ふだん》は屋根屋の職人として、何食わぬ顔で働いてもらうのですがね。いざとなれば、闇の鑑札をひらめかせて、岡場所の事件をさぐるという役目ですな。どうですかね」

「しばらく考えさせてもらえますか。というより、お勢を殺した侍の件が片付くまで、待ってもらえませんか」

「いや、この場で返事をもらいましょう」

即答を求める英泉の目には妖《あや》しい光があった。

常吉はいちおう考えさせてくれと答えたが、じつはほぼ気持ちは固まっていた。漠《ばく》然《ぜん》とはしていたが、なんとなく予想していたことでもあった。自分が英泉らの仲間に迎え入れられるのだと思えば、一種の誇りも感じていた。

「わかりやした。あっしでよければ、やりやしょう。お勢のような犠牲《ぎせい》が出るのは、もうこれきりにしたいですから」

即答しなければならないとなれば、もう常吉にためらいはなかった。

狭い座敷に、フーッと静かな吐息が漏れた。

「これでよい、これでよい」

次郎左衛門は半眼で、静かにほほえんでいる。

常吉が庄三郎のほうを向いた。

「もし、あっしが断われば、殺すつもりだったのですかい」

その質問に、庄三郎もギクリとしたようだった。

続いて、照れ笑いをしながら、

「見抜かれましたか。たいしたものですな」

と、ふところから右手を抜いた。

手には、三味線の糸が握られていた。

「正直に申しましょう。もしおまえさんが断われば、これで絞め殺し、死体は大川（隅田川）に沈めるつもりでした」

口調がものやわらかなだけに、かえって陰惨な凄《すご》みがあった。

まるで冗談のような口ぶりで、平治が言った。

「庄三郎さんは温厚そうに見えても、じつは絞殺の名人でしてね。三味線屋だけに、三味線糸のあつかいはいたって手馴《てな》れていますぞ」

「ハハハハ」

舟のなかに、さも愉快そうな哄笑《こうしょう》が広がる。

常吉はとても笑う気分ではなかった。

「侍の屋敷は突き止めたから、もうあっしがいなくても困らないということですか」

つい、ことばが尖《とが》った。

もし断わっていたらどうなったかと、想像してしまう。

そんな常吉の憮然《ぶぜん》とした表情を見て、

「まあ、まあ。勘弁してください。あたしどもも、おまえさんという人物をとくと見きわめたかったのですよ」

「闇町奉行所は秘密の存在です。慎重にも慎重を期さねばなりませんからな」

六兵衛と平治がこもごも、とりなした。

「おまえさんが断わるとは思っていなかったからこそ、正直に明かしたのですよ。この三味線を使うのは最後の最後です」

と、庄三郎もなだめた。

英泉が話題を戻した。

「さて、これから侍は六兵衛さんと平治さんが見張り、調べます。おまえさんは、あすから仕事に出ておくれ。ただし、けっして武家屋敷の一帯には近寄らないように。おまえさんは、顔を覚えられてしまったからね。用心するに越したことはありません。あたらしい事態になれば、すぐに知らせます。お勢さんの敵《かたき》は、必ず討たせてあげますからね」

「へい、あっしも……」

唐突《とうとつ》に、切見世の路地で懸命《けんめい》に手を振っていたお勢の笑顔が脳裏に浮かんだ。思えば、あれが最後に見た姿だった。

涙腺《るいせん》がゆるんでくる。

常吉は歯を喰いしばった。

舟の揺れが大きくなった。海が近いようだ。

「これまで、さんざん気を持たせてしまいましたが、これから闇町奉行所にご案内しますぞ」

六兵衛がほほえんだ。

第六章　舟上お裁《さば》き

（一）

梯子《はしご》をのぼって上に立った常吉は、

「やっぱり、屋根の上は気分がいいや」

と、しみじみつぶやいた。

まるで手をのばせば届きそうなところに、回向院の伽藍《がらん》が見える。境内《けいだい》にそびえる木々の緑はしたたるようだった。

大きく伸びをした。

ぐるりと、周囲を見まわす。

西南の方向には、山頂に白く雪をいただいた富士山がある。

西の方角に遠く連なっているのは甲斐《かい》や信濃《しなの》の山々、手前は秩父《ちちぶ》の連山であろう。

北東には、筑波山《つくばさん》のふたつの峰が青く霞《かす》んでいた。

南東の方には、安房《あわ》や上総《かずさ》の山々が波のように連なっている。

もちろん、常吉はどこにも実際に行ったことはない。すべて、これまで親方や兄貴分に教えられたことだった。

吹き抜ける風が心地よい。

きょうは朝から、本所相生町《あいおいちょう》にある二階建て長屋の、柿葺《こけらぶき》屋根の葺き替え作業だった。

隅田川に浮かんだ屋根舟のなかで闇町奉行所のことを聞かされてから、すでに数日たっていた。翌日から、常吉は仕事に復帰していた。こうして仕事に打ち込んでいると、なんとなく闇町奉行所のことも夢のように感じられた。

続いて、孫平が屋根にのぼってきた。

「おい、常公、いつだったか、松井町の河岸場でお店者が殺されていた話をしたろう」

「ああ、覚えているぜ。その後、どうなったんだい」

「二、三日前、清蔵親分がついに召し捕ったようだぜ」

「ほう、さすが岡っ引だ」

常吉はとぼけて、感心してみせた。

得々と、孫平が仕入れてきた風聞《ふうぶん》を披露《ひろう》する。

「殺されたのは、本町の桜井屋という呉服屋の手代で、仁助という男だったそうだ」

「かわいそうに。なぜ殺されたんだ」

「金狙いよ。殺したのは津軽屋敷の中間で、一太という野郎だと。奪った金は博奕《ばくち》に使い果たしたが、盗んだ印形などを後生《ごしょう》大事に持っていたのが逃れぬ証拠になったそうだぜ」

「馬鹿な野郎だぜ」

「まったくだ」

「その一太という野郎は、どうなるんだろうな」

「牢屋に入れられたそうだ。まあ、死罪はまぬかれまいよ」

「そうだろうな」

「一太が洗いざらい白状《はくじょう》したんで、これまでの悪事もすべて明るみに出て、津軽屋敷の中間が十人ほど、しょっ引かれたそうだぜ」

「津軽屋敷の中間は悪いのが多かったからな」

「一太が人殺しで捕まっただけに、津軽屋敷でも知らぬ存ぜぬで突っぱねることはできねえやな。札付きの中間を十人ばかしまとめて、町奉行所に突き出したそうだ」

「あのあたりの町人は大喜びだろうよ。泣かされていた者は多かったらしいからな」

そのとき、兄貴分の要助がたまりかねて、

「おい、てめえら、いつまでしゃべってやがるんだ」

と、叱《しか》りつけた。

ほかの職人であれば無駄口を利《き》きながらでも仕事ができるが、屋根葺き職人の場合は口に竹釘を含むため、しゃべっていては仕事にならなかった。

「へい」

常吉と孫平は首をすくめ、持ち場に腰をおろした。

口に竹釘を含む。

トントンという軽快な音が響き始めた。

しばらく仕事に集中していた常吉はふと、下から聞こえてくる「紙屑はございませぬか、屑ぃ、屑ぃ。古金買おう」というだみ声に気づいた。

常吉は腰をあげた。

「兄ぃ、ちょいと小便してくらぁ」

要助が顔をしかめ、口から手のひらに竹釘を吐き出した。

「なに、小便だと。てめえ、さっきしたばかりだろうよ」

「風に吹かれたせいか、金玉が冷えちまって」

すかさず、孫平も竹釘を吐き出しておいて、茶々《ちゃちゃ》を入れる。

「おめえ、まさか、ふんどしをするのを忘れたんじゃあねえだろうな。下から、丸見えだぜ」

「下から見えるほど、大きくねえよ」

ふたりのやりとりに、要助も吹き出した。

「しょうがねえ野郎だ。屋根の上で立ち小便するわけにもいかねえや。早く行ってこいよ」

「すまねえ。ちょいと、行ってくらぁ」

常吉はすばやく梯子を伝って、下におりた。

路地の奥にある長屋の共同便所に向かう。

途中、平治とすれ違った。

目が合う。

「屑ぃ、屑ぃ。今夜六ツ半《むつはん》（午後七時ころ）、法恩寺橋《ほうおんじばし》のたもとで。紙屑はござりませぬか」

呼び声のあいまに、平治がさりげなくささやいた。

法恩寺橋は、掘割の横川《よこかわ》に架《か》かる橋である。

常吉もさりげなく、了承の意味をこめてうなずいた。

いよいよだった。

「さあ、小便、小便」

とくに尿意はなかったが、この際、かっこうだけでも便所で小用をたさなければならなかった。

（二）

花巻、天ぷら、あられでござい、そばィー

夜風に乗って行商の、夜鷹そばの呼び声が伝わってくる。

法恩寺橋のたもとにたたずみ、常吉は夜空を見あげた。腰には、竹の筒がぶらさがっていた。

このあたりでは、空をさえぎるものはほとんどない。

満天の星は耿々《こうこう》と輝き、低い位置には玲瓏《れいろう》たる月がある。月は端がわずかににじんだように欠けているだけで、ほぼ円形だった。

「ほう」

常吉は思わずため息をついた。

以前、名月を詠《よ》んだ和歌か俳句を人から聞き、感心したことがあった。その和歌か俳句を口のなかで唱《とな》えながら月をながめると、ますます美しく見えたのが不思議だった。

記憶をさぐったが、思い出せそうで思い出せなかった。

頭のなかがもやもやとして、もどかしい。そのとき、提灯の明りが揺れながら近づいてきた。

六兵衛だった。

「庄三郎さんはまだのようですな。では、庄三郎さんを待ちながら、これまでにわかったことを、お伝えしておきましょう」

と、横川に面した河岸場に誘った。

一帯には、まったく人の気配はない。

提灯の火を吹き消したあと、六兵衛が一気にしゃべった。

「湯浅英治郎《ゆあさえいじろう》、三十一歳。湯浅家は家禄五百石の旗本で、屋敷は北割下水《きたわりげすい》にあります。敷地はおよそ六百坪くらいでしょうかな」

本所には北割下水と南割下水と称される掘割があった。割下水とは、道の真ん中を掘り、道をふたつに分割していることからの命名である。

湯浅家の屋敷は北割下水のそばということだった。

「あたしと平治さんで行商をしながらさぐったのですがね。あたしは魚屋や八百屋で聞き込みをしたのですが、平治さんが湯浅家の下男の爺《じい》さんとすっかり親しくなってしまいましてね。口の軽い爺さんでして。おかげで、湯浅家の内情がわかったというわけです」

六兵衛クスッと思い出し笑いをした。

湯浅家の下男や、近所の商人を手なずける過程で、おもしろい逸話《いつわ》があったようだ。しかし、それには触れず、六兵衛は表情を引き締めた。

「湯浅家の当主は市郎右衛門《いちろうえもん》といい、書院番《しょいんばん》です。弟の英治郎は、いわゆる『厄介《やっかい》』ですな。当主の市郎右衛門にはすでに男子がいるそうですから、ますます厄介者ということでしょう」

武士の次男、三男を俗に厄介といった。

武家の家督《かとく》は長男が相続する。次男や三男は、長男が病気などで夭折《ようせつ》した場合の補欠だが、長男が順調に家督を相続した場合は、たちまち厄介な存在になった。他家に養子に行くしかないが、もし適当な養子口がなければ、長男の屋敷の片隅に住まわせてもらい、穀潰《ごくつぶ》しの人生を送るしかない。結婚などはとうてい望めなかった。

長男の市郎右衛門が家督を相続した時点で、英治郎は「厄介な弟」となり、市郎右衛門に男子ができた時点で、今度は「厄介な叔父《おじ》」になったわけだった。

「哀れなものです。その点、あたしら町人は気楽ですがね」

「そうですな。あっしも、次男坊でしたから」

常吉も同意した。

実家は零細《れいさい》な提灯屋だった。将来、店を継ぐのは長男である。それに、常吉は幼心にも、どうせなら提灯屋のような居職の職人より、大工や屋根屋のような出職の職人になりたいと思っていた。

背中を丸め、日がな一日、作業場に座って黙々と提灯を作っている父親の姿を見ていたことの反動なのか、常吉は高い場所で颯爽《さっそう》と働く職人にあこがれたのだ。

木登りも得意だった。子供のころ、神社や寺院の境内で木登りをして遊んだが、兄よりも常吉のほうがはるかに高いところまで登ることができた。「常ちゃんは木登りがうまい」と、遊び仲間からは一目《いちもく》置かれた。何度か、かなり高いところから落ちたこともあったが、不思議と怪我もしなかった。無意識のうちに受身を取っていたのであろう。

十一歳のとき、常吉は屋根葺き職人の栄蔵のもとに奉公に出された。親方の家に住み込む徒弟奉公《とていぼうこう》である。最初は、丁稚小僧として雑用に追いまくられた。たしかに苦労もあった。親方や兄貴分に殴られたこともしばしばである。夜、ひとり涙で枕を濡らしたこともあった。しかし、おかげでいまでは一人前の職人として自分の腕で食っていける。

湯浅英治郎の悲惨な人生に、常吉もやや同情を覚えた。

かといって、武家の次男、三男がすべて犯罪に走るわけではない。連続殺人が許されるものではなかった。まして、常吉にはお勢を殺したことはけっして容赦《ようしゃ》できなかった。

「英治郎が夜中にひとりで出歩くことができたのも、厄介者だったからでしょうな。裏口からこっそり抜け出す分には、誰も気にしなかったのでしょう。ほかに、おもしろいことも小耳にはさみましたよ。

英治郎は一時、戯作者《げさくしゃ》を志《こころざ》したそうでしてね。自作を持って滝沢馬琴《たきざわばきん》先生や柳亭種彦《りゅうていたねひこ》先生のもとに押しかけたり、書肆《しょし》の蔦屋《つたや》に持ち込んだりもしたようですが、すべて断わられたようですな。

数年前には、養子口がまとまりかけたのですがが、急に破談になったとか。それ以来、英治郎の性格が一変したそうでしてね」

「戯作者の望みも断たれ、養子の口も駄目《だめ》になって、自棄《やけ》になったのでしょうか」

「本当のところは、本人に白状させるしかありませんがね。さて、どうやって英治郎を召し捕るかです。まさか、旗本屋敷に討ち入るわけにはいきません。外出したところを狙うしかないのですが、英治郎は用心深くなっていますからな。あれ以来、一歩も外に出ようとしません」

「そうですか」

常吉はつらかった。

自分がしでかした失態の大きさを、あらためて思い知らされる気分である。

「いつ屋敷を出るかわからない相手を待って、いつまでも見張りを続けるわけにはいきませんからな。どうにかして、外におびきださねばなりません。そこで、与力の英泉先生が奇想天外《きそうてんがい》な筋書きを作りましてね」

笑みを含んで、六兵衛が言った。

たしかに、その案は意表を突くものだった。なんと、湯浅英治郎本人に直接手紙を書くというのだ。

その内容は、つぎのようなものである——。

蔦屋で、足下《そっか》の作品のことを仄聞《そくぶん》した。蔦屋は断わったようだが、不佞《ふねい》は内容に興味があるし、なにより才気を感じた。もし足下さえよければ、一緒に組んで春本の仕事をしないか。文章は足下にまかせ、絵は不佞が引き受ける。もちろん、おたがいに匿名《とくめい》を用いる。お上《かみ》をはばかる仕事だけに、人目につかないところでこっそり会いたい。ふたりが会ったということすら、世間にはいっさい知られないほうがよい。この手紙は読後、火に投《とう》じること。

湯浅英治郎殿

渓斎英泉

「――というわけです。なんとも大胆な策ではありませんか」

六兵衛は得意げである。

常吉は啞然《あぜん》とした。

「大胆というより、無茶ではありませんか。相手をますます警戒させてしまうかもしれませんぜ」

「そこです。無謀《むぼう》だという反対もあったのですが、最後はお奉行の次郎左衛門さんが決断しました。

『それでいきましょう。もし失敗すれば、つぎの手を考えればよい。相手はもう逃げられないのだから』

ということでしてね。

書簡に面会する日時と場所を書き入れ、若竹屋出入りの文使《ふみつか》いに託し、湯浅家の屋敷に届けたのです」

文使いは、妓楼の女郎と客の手紙を取り継ぐのが仕事である。とくに女郎の手紙を客に届ける場合は、周囲の人に知れないように工夫を凝《こ》らさなければならない。本人にこっそり手紙を渡すのは慣れていた。

常吉も最初は驚いたが、しだいに名案と感じ始めた。

「なるほど……」

戯作者を志したくらいだから、英治郎は当然、渓斎英泉の名声は知っているであろう。春画も見ているかもしれない。その英泉から直々《じきじき》に誘われたら、狂喜するに違いなかった。しかも、英泉が自分の才能を認めているというのである。英治郎は将来に一筋の光明を見出した気持ちであろう。うまくいけば、厄介の身から抜け出せるかもしれない。鬱屈《うっくつ》した境遇だけに、お上をはばかる春本というのもかえって魅力であろう。興奮しているため、もういっさいの矛盾には頭がまわらない。約束の日時を、一《いち》日千秋《じっせんしゅう》の思いで待ちわびるであろう。

しかも、仕事が春本だけに、英治郎は兄をはじめ誰にも秘密にしているはずだった。外出に際しても、行先などを告げるはずはない……。

「それが、今夜というわけですか」

常吉は、英泉の描いた筋書きの巧妙さにほとほと感嘆した。

提灯の火が近づいてくる。

「与力の庄三郎さんが到着ですな」

六兵衛がつぶやいた。

横川の向こう岸の暗闇で突然、犬が吠《ほ》えた。それに対抗するかのように、別な場所でも犬が吠え始めた。

「お待たせしました。では、一同そろったところで、まいりましょうか」

庄三郎がふたりに言った。

（三）

「ここです」

闇のなかから、平治が呼んだ。

武家屋敷の板塀の陰に身をひそめていた。

足元に、天秤棒と竹籠が置かれている。紙屑買いのかっこうで、見張りを続けていたようだ。ただし、竹籠に紙屑などははいっていなかった。

平治が無言のまま、やや離れた場所を指差した。

湯浅家の屋敷の裏門だった。

ともしてきた提灯の火を消し、常吉、六兵衛、庄三郎も板塀にピタリと背中をはりつけた。

そのままの姿勢で、ひたすら待つ。

どのくらい経《た》っただろうか。

裏門の木戸がきしんだ。

「出てきましたぞ。では、六兵衛さんと常吉さんはさきに行っておくれ。あたしと平治さんは、あとから行きましょう」

庄三郎が指示した。

ふたりずつに別れ、湯浅英治郎を前後からはさむのだ。

黙ってうなずき、常吉と六兵衛は先行した。提灯はともさないが、月明りと星明りがあるため、歩けないというほどではない。しかも、六兵衛が一帯の道筋は熟知《じゅくち》していた。

隅田川のほとりに出た。

あたりは森閑《しんかん》としている。

対岸は、浅草の諏訪町《すわちょう》や駒形町《こまがたちょう》である。あちこちに小さな明りがきらめき、気のせいか、櫛比《しっぴ》する料理屋や茶屋のにぎわいが川を越えて聞こえてくるようだった。

川面を、左手から右手に向かって、明りが流れていく。吉原に向かう客を乗せた猪牙舟や屋根舟であろう。山谷堀《さんやぼり》で舟をおり、あとは駕籠《かご》か徒歩《かち》で日本堤《にほんづつみ》を行くのだ。

「きましたな」

物陰の闇のなかに身をひそませ、六兵衛がつぶやいた。

提灯の火が近づいてくる。その背後には、庄三郎と平治がいるはずである。

六兵衛に並んで闇のなかにかがんでいた常吉は思わず、ぶるっと身震《みぶる》いした。胸の動悸《どうき》が激しいのはともかく、口のなかがしきりに乾く。

腰につるしていた竹筒の水筒をはずし、唇にあてた。ごくりと水を飲み、口のなかを湿《しめ》した。

「打ち合わせの通りで、よろしいですか」

六兵衛が念を押す。

常吉が勇み立った。

「へい、やりやす。いや、あっしにやらせてください」

やはり、先陣《せんじん》は自分が切りたかった。

(お勢、敵は討ってやるぜ。俺が、必ず敵は討ってやるからな)

心のなかで、繰り返した。

胸に、熱いものがこみあげてくる。

提灯が止まった。英治郎は慎重にあたりの様子をうかがっているようである。

ぬっと、常吉が前に出た。

「女殺しは五人までで終わりか」

「なんだ、きさまは」

英治郎は思わず後ずさりした。

提灯の明りで、相手をたしかめる。

「あのときの、岡っ引の手下か」

提灯が大きく揺れた。

不安げに、前後左右を見まわしている。

右目の下に黒い染みがあった。竹釘の傷跡《きずあと》だった。

「おめえさんが根津、音羽、赤坂、鮫河橋、そして松井町で女を殺したことはもう調べがついていますぜ」

「なんのことか、さっぱりわからぬ。きさま、拙者《せっしゃ》にいがかりをつける気か」

「いまさら言い逃れをするのは、それこそ女々《めめ》しいぜ」

「武士に対して無礼なことを申すと、手討ちにいたすぞ」

「へん、なにが武士だい。ろくでなしの厄介者のくせに。女を殺すしか能がないじゃねえか。意気地なしめ」

「切見世の女など、女ではない。人間の屑《くず》だ。俺は世の中の掃除をしてやったのだ」

常吉の挑発に乗り、英治郎が激昂《げっこう》して口走った。

これまでの連続殺人を自供したに等しかった。

「てめえこそ、人間の屑だろうよ」

「町人の分際《ぶんざい》で、武士を愚弄《ぐろう》する気か。目にものを見せてくれるぞ」

英治郎は右手に持った提灯を吹き消し、そばに放り投げた。

左手で刀の鞘《さや》を握って鯉口《こいぐち》を切り、右手で柄《つか》をつかんだ。

「斬り捨ててくれるわ」

「きょうは両方の目を狙《ねら》うぜ」

そう予告しながら、常吉がこれみよがしに二本の竹釘を口に含んだ。

英治郎は先日の記憶がよみがえったのであろう。双眸《そうぼう》を潰される恐怖に動揺した。

反射的に左手をあげ、両目をかばう。

ピュ、ピュと鋭い音がした。

左右の頰に竹釘が突き刺さっていた。

憤怒《ふんぬ》のうなりを発して、英治郎が強引に刀を抜こうとした。

そこを、天秤棒がピシリと右手首を打ちすえた。いつのまにか、平治が後ろから迫っていた。

英治郎の手から刀が落ちた。

続いて、天秤棒の先端が鳩尾《みぞおち》にめり込む。英治郎は「ぐえっ」と叫んで、身をふたつに折った。

天秤棒が両脚のあいだにスッとはいったかと思うや、ねじった。まるで流れるような一連の動きだった。

英治郎はもんどりうって、その場に転倒した。

すかさず、常吉が駆け寄った。

横腹を、思い切り蹴《け》りつける。

「覚悟《かくご》しやがれ」

爪先が腰骨にあたり、常吉は痺《しび》れるような痛みを感じた。

「痛《つ》、痛ぅ」

思わず爪先の痛みにうめいたが、それはお勢を殺した男を蹴《け》りつけたという、骨髄《こつずい》にしみる実感でもあった。

わが身の苦痛が、さらに怒りをかき立てる。

なおも蹴りつけようとする常吉を、やんわりと六兵衛が制し、

「平治さんは棒術の達人ですからな。いや、天秤棒術かな」

と、平治の天秤棒さばきについて解説した。

常吉も、ふっと全身から力が抜けた。

地面にぐったりと横たわっている英治郎のそばに、庄三郎がかがんだ。

「六兵衛さんの手をわずらわすまでもありますまい」

英治郎はなかば失神しているため、柔術の固め技で押さえつける必要はないという意味だった。

庄三郎は英治郎の口のなかに手ぬぐいを押し込み、さらに上から手ぬぐいで縛《しば》って

猿轡《さるぐつわ》をした。続いて、取り出した三味線糸で両手を固く縛った。手早い動作だった。

そのあと、まだ顔面に突き刺さっていた二本の竹釘を抜いてやった。

竹釘は皮膚を突き破り、肉に深く食い込んでいた。

英治郎の頬から鮮血が細く垂れた。

「うまくいきましたな」

川べりから、大きな男が大股で歩み寄ってきた。

先日、常吉が次郎左衛門に引き合わされたときの、屋根舟の船頭だった。闇町奉行所の同心のひとりである。

「長松《ちょうまつ》さん、頼むよ」

「合《が》ッ点《てん》だい」

長松と呼ばれた船頭は庄三郎の求めに応じ、縛られた英治郎を軽々と持ちあげた。

日々櫓《ろ》を漕《こ》いでいる上、体躯《たいく》も大きい。その膂力《りょりょく》は並はずれていた。ぐったりした英治郎の体をひとりで川べりに運んでいく。

「手伝おうか」

常吉が申し出た。

「なあに、平気、平気。こうやってかかえるなら、わっしは本当は男ではなく女のほうが望みだがね」

ふざけて英治郎に頬ずりしながら、長松は呵々大笑《かかたいしよう》した。

＊

屋根舟の座敷では渓斎英泉が待っていた。

「あたしは捕物出役《とりものしゆつやく》は苦手《にがて》ですから。というより、あたしが出て行くと、かえって足手まといになりますから、ここでおとなしくひかえていましたよ」

と、にこやかにみなを迎える。

座敷の中央に英治郎を横たえ、その周囲に常吉、庄三郎、六兵衛、平治、英泉が陣取った。

すでに英治郎の両刀は取りあげ、平治の商売用の竹籠のなかにおさまっていた。

長松が棹で岸辺を突いた。舟がゆっくりと岸辺を離れる。

舟を深みに移したあとは、櫓に切り替える。

「湯浅英治郎さんは行方不明ということになりますな」

庄三郎が言った。

湯浅家の今後の対応を案じていた。

こともなげに、英泉が答えた。

「夜中に出奔《しゅっぽん》した。それで終わりでしょう。兄や兄嫁にとっては、厄介払いしたようなものです。誰も心配なんぞしませんよ。むしろ、積年のつかえが取れた、ホッとした気分でしょうな」

船中の会話を聞きながら、英治郎が眼の玉をせわしなく動かしていた。ようやく意識を回復したようだ。

当初は、町奉行所に召し捕られたと思っていたのであろう。ところが、様子が異なる。いったい自分が誰に捕らえられ、どこに拉致《らち》されようとしているのか、さらにはどういう取り扱いを受けるのかを懸命に推察しようとしていたが、まったく見当がつかないらしい。

英治郎は得体の知れない恐怖にとらわれ、おびえきっていた。しきりに唇や頬を動かしていたが、猿轡をされているため、いっさいことばは発することができない。

そんな英治郎を見つめていた英泉が、はたと膝を打った。

「なかなかおもしろい絵になりますな」

俄然《がぜん》、体中に精気があふれる。

いそいそと、ふところから矢立と紙を取り出した。

行灯を寄せて、英治郎の顔を照らす。

「うむ、こういう必死の形相は、滅多《めった》にお目にかかれないですぞ」

身もだえしている英治郎の写生を始めた。絵師にとって、またとない題材ということであろう。

それにしても、あまりに場違いな行為だった。

しかし、英泉はまったく意に介していない。冷徹《れいてつ》な観察眼をそそぎながら、熱心に写生を続ける。もう、ほかのことはまったく眼中にないようだ。

かつて英泉は「開《ぼぼ》の生写《しょううつし》」に熱中したことがあった。行灯の明りでは本当の色彩はわからないからと、昼間から吉原の妓楼に登楼し、花魁《おいらん》の陰部をむき出しにさせて、写生したのだ。相手に両脚を大きく広げさせ、自分は畳に腹ばいになって局部に目を近づけ、しげしげと観察した。時には天眼鏡で細部を拡大して観察し、精密に写生した。

「いやらしい絵師」

と、大いに顰蹙《ひんしゅく》を買ったのは言うまでもないが、その成果は以後の枕絵に反映された。

それまでの枕絵は卑猥感《ひわいかん》を出そうとするあまり、性器を極端に大きく誇張して描くのが普通だった。英泉が初めて解剖学的な精密描写をおこない、従来になかった卑猥な趣《おもむき》を実現した。大きな評判を呼んだのは言うまでもない。若竹屋の主人になる以前のことである。

庄三郎も六兵衛も平治も、こういう英泉の奇矯《ききょう》な行為には慣れているらしい。神妙な表情で見守っているだけで、なにも言わない。

舟は両国橋をくぐり抜け、続いて新大橋《しんおおはし》をくぐり抜けた。

潮の香りがだんだん強くなってくる。

永代橋《えいたいばし》をくぐりぬけてしばらくすると、波のうねりが大きくなった。舟がぐっと持ちあがったかと思うや、すっと沈む。

（海に出たな。もうすぐ新地だ）

常吉は先日、初めて奉行の次郎左衛門に面会し、闇町奉行所の同心となることを承諾した日、そのまま屋根舟で深川の新地に案内されたことを思い出していた。

あの日、生まれて初めて海に出た常吉は、舟の大きな揺れに冷や汗をかいたものだった。一度経験しているせいか、きょうはさほどでもない。

深川七場所のひとつである新地は享保《きょうほう》（一七一六～三六）年間に、海岸線を埋め立てて造成された。現在の江東区越中島一丁目のあたりである。埋立地のため、南側一帯は江戸湾に直接面していた。

新地には有名な料理屋が多い。供される料理の美味はもちろんのこと、座敷から江戸湾を一望にできることも人気の理由だった。眺望《ちょうぼう》のよさにくわえ、とくに夏は潮風が心地よい。

料理屋はそれぞれ陸側に玄関を設けるいっぽう、海に面して桟橋を設置していた。隅田川をくだってきた舟は、いったん江戸湾に出て曲がりこみ、新地に接岸する。舟に乗ってきた客は、ほとんど歩かないで料理屋にあがれるのも便利だった。

次郎左衛門が主人の舞鶴屋は、その新地でも屈指《くっし》の料理屋である。

なお、新地は呼び出し制のため、料理屋は実質的には女郎屋でもあった。舞鶴屋ももちろん、客と女郎の同衾《どうきん》の場を提供していた。

（四）

屋根舟を杭《くい》に繋留したあと、長松が湯浅英治郎の体に菰《こも》を巻きつけ、舟から引きずり出した。

「さあ、荷物はわっしが運びますぜ」

菰ごと肩にかかえあげると、波に濡れた桟橋の上をためらいもなく歩いていく。長松の歩みが軽やかなだけに、菰の中身が人間の体とはとても思えなかった。

重みで、板がギシギシときしんだ。

常吉らもみな舟をおり、桟橋を伝ってぞろぞろと岸にあがった。

傍目《はため》には、屋根舟を雇って舞鶴屋に乗り込んできた遊興の一行に見えるであろう。

舞鶴屋の二階座敷はどこも煌々《こうこう》と明りがともっていた。窓の障子《しょうじ》は開け放たれているため、ドンチャン騒ぎの様子が手に取るようにわかる。

〽心つくしておくりし文《ふみ》も、ぬしは茶にして枕紙、またはやぶりつ、くずはござい、くずはござい、まだまだくずは、たまりませんかな、

〽くずはございの笑いぐさ。

芸者の三味線で、幇間《ほうかん》が潮来節《いたこぶし》を唄い、ひょうきんな仕草《しぐさ》で踊っていた。あいだに紙屑買いの呼び声をはさむという軽妙さである。

やんやの喝采《かっさい》で、座敷がドッと沸《わ》いた。

三味線の音色がいちだんとにぎやかになる。

「うまいもんだ。ああいう具合に所作《しょさ》と鳴物《なりもの》入りでやれば、あたしももっと商売繁盛するんでしょうがね」

と、紙屑買いが本業の平治が感想を述べた。

「うむ、なかなかいい音締《ねじ》めですな」

と、渓斎英泉は芸者の三味線を講評した。

耳をそばだて、目を細めている。

英泉は三味線についても一家言《いっかげん》を持っているようだった。それにしても、こんなときに三味線の音色に聞きほれているのは、やはり違和感がある。

波打ち際と舞鶴屋の建物とのあいだの一画に、茅葺《かやぶき》屋根の平屋の建物があった。周囲には建仁寺垣《けんにんじがき》が立てまわされている。

表向きは舞鶴屋の主人の次郎左衛門が早手回しに建てた隠居所ということになっていたが、ここが闇町奉行所だった。

網代戸《あじろど》の門をはいると、踏石伝いに玄関にいたる。

玄関をあがると、広い板の間があった。

長松は英治郎の体を板の間に放り出した。

「じゃあ、わっしはお奉行をお迎えに行きますんで、あとはお願いしますぜ」

英泉とともに、長松が出て行く。

庄三郎と平治が手早く、屋内の各所に設けられた燭台《しょくだい》に火をともした。

板の間の右手に、杉板戸で仕切られた十畳の広さの畳の部屋があった。

板戸をあけて部屋にはいり、そのまま進むと、一段さがって、板縁《いたえん》が設けてある。

そして、板縁のさきがお白州《しらす》だった。三方は分厚い杉板戸で仕切られていた。

常吉と六兵衛で英治郎の体をかかえ、お白州に運んだ。かたわらに、筵《むしろ》や六尺棒が用意されていた。

白い砂利の上に、平治が筵を敷いた。

その筵の上に、常吉と六兵衛のふたりがかりで英治郎を正座させた。

庄三郎が、口を縛っていた手ぬぐいをほどいた。英治郎が、口のなかから手ぬぐいを舌で押し出した。膝元《ひざもと》にボトリと、唾液《だえき》でぐしょぐしょになった手ぬぐいが落ちた。

英治郎は口をあけ、ハア、ハアと荒い息をしている。

続いて、両手をいましめていた三味線糸を解《と》いた。刃物で切るしかないと思えるほど固く肉に食い込んでいたが、庄三郎はいとも簡単に解いていく。素人《しろうと》にはわからない、独特な結び方と解き方のようだ。

常吉はそばで見ていて、舌を巻いた。職人としていくつかの紐《ひも》の結び方と解き方は習っていたし、自分ではけっこう習熟しているつもりだったが、庄三郎の方法は一見しただけでは、とても真似できそうもなかった。

「いちおう、いましめは解きましたが、逃げようなどと考えないほうが賢明《けんめい》ですぞ」

おだやかな口調で、庄三郎が警告した。

仁王立ちした平治が、

「その筵の上からちょっとでも出たら、脳天《のうてん》をたたき割ってくれるからな」

と、手にした六尺棒をビュンと振って威嚇《いかく》した。

顔面蒼白《そうはく》の英治郎が、さぐるように言った。

「ここはどこか」

「闇町奉行所でございます」

庄三郎はあくまで丁重《ていちょう》だった。

「闇町奉行所だと。たわけたことを。おい、どういうつもりだ。拙者は直参《じきさん》の武士だぞ。きさまらはみな、町人であろう。町人が武士にこういう無礼を働き、ただですむと思っておるのか」

武士の権威を持ち出して、英治郎は徐々に形勢を逆転しようとしていた。

「おい、お上に知れたらどうなるのか、わかっておるのか。きさまらはみな死罪だぞ」

英治郎が怒鳴った。

顔がうっすらと紅潮している。

「そもそも、武士を白州の筵の上に座らせるとはなにごとか。町奉行所の裁《さば》きでも、武士は板縁に座らせるのが作法じゃ。白州の筵の上に座らされるのは百姓町人ときまっておる。武士を百姓町人と一緒にするとは無礼であろう。ただではすまんぞ」

ひたすら、わめきたてた。

そのとき、長松に背負われて次郎左衛門が登場した。後ろに、英泉が従っている。

＊

次郎左衛門は麻裃《あさがみしも》を着用していた。

威風堂々《いふうどうどう》としており、下半身が不自由な老人とはとても思えなかった。

長松が次郎左衛門を十畳の部屋の板縁寄りにそっとおろし、足を投げ出して座らせた。そのあと、袴の乱れをきちんとととのえるなど、長松は巨体のわりには、気配りはこまやかだった。

次郎左衛門の横に、英泉が座った。

「お奉行さまのお成りであるぞ。頭《ず》が高い」

平治が一喝《いっかつ》し、六尺棒で英治郎の背中を殴りつけた。

英治郎が不承不承《ふしょうぶしょう》、筵の上で手をついた。苦痛と屈辱《くつじょく》で歯嚙みをしていた。

「闇町奉行、舞鶴屋次郎左衛門である。面《おもて》をあげい。そのほう、旗本湯浅市郎右衛門の弟、湯浅英治郎に相違ないな」

その声は凛《りん》としていた。

「ああ」

英治郎がふてくされて答えた。

その途端、平治が六尺棒で激しく砂利を突いた。ジャリッと石がきしむ。

その音に、英治郎がびくりと身をすくませた。

「ちゃんと返答せい」

平治が叱咤《しった》した。

ふるえ声が応じた。

「はい。相違ございません」

「そのほう、根津、音羽、赤坂、鮫河橋、松井町の切見世で合わせて五人の女を絞め殺し、陰部に棒を挿し込んで逃亡した。そのほうの罪状は明白で、もはや言い逃れはできぬが、いちおう尋ねよう。すべて、そのほうの所業《しょぎょう》じゃな」

「はい」

「なぜ、そのような所業におよんだのか。そのほうの言い分も聞いてとらすぞ。申してみよ」

「復讐《ふくしゅう》じゃ」

英治郎が叫んだ。

静かに、次郎左衛門が尋ねた。

「復讐とな。なんの復讐じゃ」

「岡場所の女郎ごときに、拙者は一生をめちゃめちゃにされた。その復讐じゃ」

堰《せき》が切れたように、英治郎がまくし立てる。

その言い分は、次のようなものだった——。

数年前、英治郎は藪下の女郎屋に登楼した。しばらくして、陰茎に異常が生じた。瘡毒《そうどく》（梅毒）に感染したのだ。

英治郎は懊悩《おうのう》した。

そんなおりもおり、養子の縁談が持ち込まれてきた。

相手はやはり本所に屋敷がある小身の旗本だが、男子がなかった。ひとり娘に婿養《むこよう》子《し》を迎えて家督を相続させるというものだった。またとない話である。

英治郎は驚喜《きょうき》する反面、悪化する症状にあせった。どうにかして治そうと、あちこちでひそかに薬を買い求め、医者にもかかった。

薬屋や町医者のもとに足繁《あししげ》く出入りしていることが人の目にとまり、やがて、英治郎は悪質な瘡毒に罹患《りかん》しているらしいという風評が広がった。噂は誇張され、養子さきにも伝わる。

けっきょく、養子縁組は破談となった。

養子の機会が潰《つい》えたのはもちろん大きな打撃だったが、英治郎には兄夫婦のさげすみがつらかった。とくに兄嫁の英治郎に対する視線には、まるで蛆虫《うじむし》でも見るかのような嫌悪と軽蔑《けいべつ》があった。ただでさえ居心地の悪かった屋敷は、ほとんど針《はり》の筵《むしろ》となった——。

「あの女郎のおかげで、拙者は人生を棒に振る羽目になった。復讐しようと思ったのだ。しかし、女郎屋はなくなっており、女の行方はわからなかった。無念じゃ」

英治郎が吐き捨てるように言った。

次郎左衛門が当時を振り返る。

「藪下は警動がはいり、取り払われたからのう。そのほうが女郎買いをしたすぐあとで、取り払いになったのじゃな」

わずかな差で、英治郎は復讐を果たせなかったのだ。それにしても、女郎に復讐するという考え方そのものが常軌《じょうき》を逸《いっ》していた。

「しかし、瘡毒をうつされた藪下の女郎に仕返しをするのならまだしも理解できるが、根津、音羽、赤坂、鮫河橋、松井町の女を殺すのは筋違《すじちが》いであろう。無関係な女ではないか」

「女郎はみな同じだ。女郎はこの世に害をなすもの。拙者は女郎が邪悪な存在であるとわかった。除いたほうが世のため人のためになる。拙者は世のため人のため、女郎を始末しようと思ったのだ。誰かがやらねばならぬ。誰もやらないのであれば、拙者がやるしかあるまい。いずれは、江戸中の女郎をすべて抹殺《まっさつ》するつもりだった」

英治郎は歯茎《はぐき》をむき出し、唾《つば》を飛ばしながら弁じた。

その目は毒々しく光っている。

「陰門に棒を挿《さ》し込む仕打ちにおよんだのは、なぜじゃ」

「女郎の開《ほぼ》はみな、腐れ開じゃ。戒《いまし》めのために、棒切れを突っ込んでやったのだ。あの世でも、もう開は使えなくしてやったのだ」

「なんとも、身勝手な理屈《りくつ》じゃのう」

次郎左衛門が喟然《きぜん》として嘆《たん》じて言った。

かたわらの英泉をかえりみる。

英泉が膝ですり寄り、ふたりで相談していた。

ややあって、次郎左衛門がすっくと背筋をのばした。

裃を着用しているだけに、侵《おか》しがたい威厳があった。

右手に白扇《はくせん》を持ち、音吐朗々《おんとろうろう》と宣した。

「湯浅英治郎、そのほうに死罪を申し渡す」

英治郎は口をパクパクさせていた。なにか反論しようとしているのだが、ことばにならない。

「死罪の方法は、海に投げ捨てる。ただし、闇町奉行所にも情けはあるぞ。そのほうが望むなら、海に投げ込む前に絶命させてやってもよい」

次郎左衛門のことばに応じて、庄三郎がそっと英治郎の首に三味線糸を巻きつけた。

「苦しまずに死なせてあげますよ。ほんの一瞬で気を失いますからね」

「よせ、いやだ、いやだ」

英治郎が暴《あば》れ出した。

庄三郎の手を振りのけ、立ちあがろうとする。

すかさず、平治が六尺棒で足を払った。六兵衛が腕の関節をきめる。

もう英治郎は微動だにできない。

「う、ううう」

「やむを得ませんな」

と、庄三郎が英治郎の両手を三味線糸で縛《しば》った。

「拙者は武士だぞ。武士に対して、こんな非道《ひどう》は許されぬ。理不尽《りふじん》であろう」

顔を醜悪《しゅうあく》にゆがめ、英治郎がわめいた。

（五）

桟橋までの道のりは難儀《なんぎ》だった。

湯浅英治郎は膝がガクガクするのか、歩くどころか、その場にくずおれそうになる。

そのため、常吉と六兵衛が両脇からささえ、地面を引きずるようにして歩かせた。

渓斎英泉が庄三郎に言った。

「不思議なものですね」

「なにがです」

「どうせ死ぬのはわかっていながら、その場で絞殺されるのを選ぶ者はいないですな。少しでも、先延ばしにしたいのでしょうかね。それとも、土壇場の僥倖《ぎょうこう》を期待しているのでしょうかな」

「さようですな。おかげで、あたしの出番はありませんが」

「あたしは一度でいいから、庄三郎さんの妙技《みょうぎ》を拝見したいのですがね」

まるで、世間話をしているような調子だった。

ふたりの会話を漏れ聞きながら常吉は、処刑は今回の英治郎が最初ではないことを知った。これまでに何人が、こうやって生きたまま海に投げ込まれたのだろうか。それにしても、絞殺を実際に見てみたいという英泉の願望には、胸が悪くなるのを覚えた。

さきほどまでの、武士の権威を振りかざした恫喝《どうかつ》は影をひそめ、英治郎はいまではひたすら懇願《こんがん》していた。

「頼む、許してくれ。命だけは助けてくれ」

そんな英治郎に、英泉が冷ややかなことばを浴びせた。

「五人の女が『お頼みします、許してください。命だけは助けてください』と命乞《いのちご》いをしたら、おまえさんは殺さなかったかね」

「女には詫《わ》びる。墓参りをする。頼む、助けてくれ。もし助けてくれたら、拙者はなんでもする。女郎屋の若い者でも、飯炊きでもやる。一生、ただ働きでもよい」

なおも、英治郎は必死の懇願を続ける。

助かりたい一心で、自分でもなにを口走っているのかわかっていないようだった。

桟橋では、長松がすでに荷舟を出す準備を終えていた。

常吉、六兵衛、庄三郎、英泉の四人がかりで、抵抗する英治郎を舟にのせた。

次郎左衛門は奉行所に居残り、平治が付き添っていた。

「出しますぜ」

と、長松が棹で舟を桟橋から離し、すぐに櫓に切り替えた。

舟は大きく揺れながら、沖に出て行く。

庄三郎が英治郎の両足首を用意してきた麻縄《あさなわ》で縛り、縄の端には重しの大きな石を結《ゆ》わえつけた。

英治郎は両手両脚を縛られているため、身動きできない。

さきほどから、両目からは涙が流れ、鼻からは鼻水が垂《た》れていた。

顔をぐしゃぐしゃに濡らして、

「勘弁してくれ、勘弁してくれ」

と、うわごとのように言い続けている。

常吉は目をそらした。とても正視できなかった。

できれば、この場から逃げ出したかった。

英治郎に対するいきどおりや憎しみが消えたわけではない。また、憐憫《れんびん》の情が芽生えたわけでもなかった。

懲罰を受けるのは当然だと思う。

だが、いまや無抵抗の男をよってたかって処刑することへの、なんともいえない自己嫌悪があった。うまくことばでは表現できなかったが、自分もけっきょく人殺しに加担するのではないのかという葛藤《かっとう》でもあった。こういう場にあって平然としている英泉も、庄三郎も六兵衛も、みなうとましかった。

そんな常吉の心理を、英泉は読んだようだった。

「おまえさん、もし湯浅英治郎が町奉行所に召し捕られ、死罪になったと聞けば、内心で、『ざまあみろ』と快哉《かいさい》を叫ぶのではないかね。しかし、考えてごらん。町奉行所で死罪を執行するときも、誰かが手をくだしているのだよ。掃除《そうじ》をしようとすれば、誰かが手を汚さなければならない。それと同じです」

「へい」

「闇町奉行所では、われらが手をくださすのさ。手を汚すことから逃げてはならないのですよ」

「へい」

「おまえさん、さきほどお奉行が英治郎を『無罪放免《むざいほうめん》とする』と言ったら、納得したかね」

「いえ、とうてい納得はできません」

「じゃあ、やはり誰かが手を汚さなければならない」

「へい」

常吉は英泉の言わんとしていることはじゅうぶんに理解できたが、胸のむかつきはおさまらなかった。

いつのまにか、月は雲でおおわれていた。海上は暗いが、舟には提灯もともしていない。長松は新地の明りで位置を測っていた。

沖に出るにしたがい、潮風が冷たくなってくる。

「この辺でどうですかい」

船尾から、長松が声をかけてきた。

水深はじゅうぶんで、あたりにほかの舟もいないということだった。

英泉と庄三郎が顔を見合わせ、うなずいた。

「足から放り込みますぞ」

と、庄三郎が指揮した。

四人がかりで英治郎の体をかかえ、足から舟の外に押し出していく。最後の抵抗をこころみて、体を激しくくねらせるため、四人がかりでも簡単ではなかった。

舟がぐぐっと片側に傾く。

船尾では、長松が懸命に櫓を操作して舟の平衡《へいこう》を保っていた。

ポチャンと小さな音がした。重しの石が着水したのだ。

あとは四人がかりで、英治郎の体を押し出していく。足首が暗い波間に消え、続いて膝まで没した。

船べりをこすりながら、一気に体がすべり出た。

「わあー」

絶叫が発せられたが、ほんの一瞬だった。

つぎの瞬間には、英治郎の体は消えていた。

傾いていた舟がたちまち復元し、ぐらぐらと横揺れを続けた。

＊

櫓の音がきしみ、舟は桟橋に向かっている。

（お勢、敵は討ったぜ）

常吉は心のなかで呼びかけたが、達成感や勝利感とは程遠い。ただ重苦しく、陰鬱《いんうつ》だった。なんだか、自分がとてつもない悪事を働いた気分だった。

じっと、暗い海を見つめる。

英泉が話しかけてきた。

「松井町の切見世にいたお玉のことですがね、あたしが引き取り、いまは若竹屋におります」

「えっ、根津に鞍替《くらが》えしたのですかい」

「いやいや、誤解してもらっては困ります。お玉には客は取らせておりません。女中奉公をしながら女郎の垢《あか》を落とし、炊事《すいじ》や縫物《ぬいもの》の稽古《けいこ》をしておるところですな。花嫁修業といいましょうかね」

「どういうことですか」

常吉は途方《とほう》に暮れる思いだった。

英泉らと会わなかった数日間のあいだに、お玉の身の上にも大きな変化があったようだ。

「じつは、桜井屋の主人の長右衛門さんが、二百五十両を正直に保管しておいてくれた謝礼として、お玉に一割の二十五両を進呈《しんてい》したいと申し入れてきたのです。しかし、切見世の女がそんな大金を持っていると、ろくなことはありません。そこで、あたしが次郎左衛門さんと相談した上で、こちらから長右衛門さんに、

『お玉に礼をしたいのなら、身請《みう》けをして、切見世から救い出してやってはくれないか』

と申し入れたのですよ。

長右衛門さんは物分りがよいし、度量も広い方です。こころよく了承してくれましてね。女郎の身請けとなると、吉原では少なくとも数百両を要しますが、切見世ではせいぜい数十両ですみます。親方の万介に掛け合ってお玉を身請けし、長右衛門さんがあらためて若竹屋にあずけたというわけですな」

「それはよかった」

常吉はしみじみと言った。

心の底からの実感だった。

ようやく、胸の一隅《いちぐう》が明るくなった。

ふと先日、万介と話をしているとき、六兵衛が目配せしてきたことを思い出した。

もしかしたら、次郎左衛門や英泉ら闇町奉行所の面々が協議して、桜井屋にお玉を身請けさせる計画をとっくに策定《さくてい》していたのかもしれないと、ようやく思いいたった。

切見世の女が身請けされるなど、ほとんどあり得ないことだった。金を湯水のように使える人間はそもそも切見世などで遊ばないからだ。そんなあり得ない身請けを、闇町奉行所は実現したのである。

「悪人を処罰するだけでなく、女も救い出すのですか」

「あまり買いかぶってもらっては困ります。悪辣《あくらつ》の度が過ぎる楼主は懲罰《ちょうばつ》しますし、やくざ者もできるだけ岡場所から排除したいのですが、なかなか思うに任せないところもありましてね。なんせ、闇町奉行所は日陰《ひかげ》の存在ですから、すべての岡場所をきちんと仕切るわけにはとてもいきません。それに、わずかな人数ですからな」

英泉の返答には苦衷《くちゅう》がにじんでいる。

それでも、常吉は破顔一笑《はがんいっしょう》した。

「そうですか。お玉さんも、きっとこれで好きな男と所帯が持てますぜ。本当によかった」

「その所帯のことですがね。おまえさん、お玉と一緒になる気はないかね」

その英泉の提案に、常吉は一瞬、あっけにとられた。

続いて、顔を横に振った。

「えっ、あっしがお玉さんと。冗談でしょう」

「冗談なものですか。あたしがお玉に気持ちをたしかめたところ、『常さんとなら、はい』とだけ言って、あとは顔を真赤にしてうつむいていたよ。いじらしいじゃないか。それに、なかなか利発だし、なにより心根《こころね》が正直だ。あたしがもうちょっと若かったら、放っておかないのだがね。どうだね、お玉と所帯を持つというのは。長右衛門さんと万介はきちんと身請け証文も取り交わしているから、なんの後腐《あとくさ》れもないですぞ」

「しかし……」

「お勢さんのことであろう。おまえさんがお勢さんのことを思い、二の足を踏む気持ちはわかります。

お玉も、『お勢さんに悪い。まだ四十九日もすまないのに』と、しきりに気に病んでいた。義理立てしているのだろうね。

しかし、おまえさんはきょう、立派にお勢さんの敵を討ったではないですか。もう、けじめをつけてもよかろうよ。まさか、おまえさん、一生独《ひと》り身を通すという誓《ちか》いを立てたわけではありますまい」

「それはそうですが。でも、どうして、それほどまでにあっしのことを」

「これも、いわば作者の趣向でね。作中でお玉をいろいろと動かしてみた。最後は、おまえさんと結ばれるという筋立てが、読者もいちばん満足すると思ったのさ」

相変わらず、英泉の言辞《げんじ》は本気なのか冗談なのか判断がつかなかった。一種の照れ隠しなのかもしれない。それでも、常吉はその真情《しんじょう》が身にしみた。

「お玉では不足かい」

「いえ、そんなことはありません」

「それじゃあ、もう、ためらうことはありますまい。近いうち、ふたりで回向院に参《さん》詣《けい》して、線香を手向《たむ》けてきたらどうだね。お勢さんも草葉《くさば》の陰で、おまえさんとお玉が一緒になるのをきっと喜んでくれるはずだよ」

ふと、脳裏《のうり》にお勢の真剣そのものの顔が浮かんだ。

(お玉さん、常さんを頼むよ。あの人は、しっかりした女がそばにいないと、駄目《だめ》な人だからね)

いまでも、あの世で取り越し苦労をしているのではあるまいか。

「へい、ありがとうございやす。よろしくお願いいたしやす」

そう言った途端、常吉の目に涙があふれてきた。

手の甲で、ごしごしこする。

「着きますぜ」

船尾で、長松が声を張りあげた。

庄三郎が言った。

「お奉行と平治さんがお待ち兼ねですぞ。とりあえず、一杯やりましょう。常吉さんの前祝いでもありますな」

まじめな顔で、六兵衛が付け加える。

「今宵《こよい》は思い切り呑んでくださいよ。酔いつぶれたら、あたしがまた長屋まで送り届けますから」

「あんなことは、もう二度とご免ですよ」

常吉は晴れ晴れと笑った。

主要参考文献

岡場遊廓考　未刊随筆百種第一巻　中央公論社
江戸売色百姿　花咲一男著　三樹書房
新増補浮世絵類考　日本随筆大成第二期十一　吉川弘文館
江戸の枕絵師　林美一著　河出書房新社
江戸の生業事典　渡辺信一郎著　東京堂出版
江戸商売図絵　三谷一馬著　中央公論社
近世風俗志（守貞謾稿）　岩波書店
図説大江戸おもしろ商売　北島廣敏著　学習研究社
天野浮橋　江戸名作艶本六　学習研究社
三日月阿専　人情本刊行会叢書　人情本刊行会
奴通　洒落本大成第十巻　中央公論社

屋根葺《やねふ》き同心闇御用《どうしんやみごよう》

永井《ながい》 義男《よしお》

学研M文庫

2006年6月27日　初版発行

●

発行人——大沢広彰

発行所——株式会社学習研究社

東京都大田区上池台4-40-5 〒145-8502

印刷・製本—中央精版印刷株式会社

★ご購入・ご注文は、お近くの書店へお願いいたします。

★この本に関するお問い合わせは次のところへ。

編集内容に関することは — 編集部直通 03-5447-2311

• 在庫・不良品(乱丁・落丁等)に関することは —

出版営業部 03-3726-8188

• それ以外のこの本に関することは —

学研お客様センターへ

文書は、〒146-8502 東京都大田区仲池上1-17-15

(書名を明記してください)

電話は、03-3726-8124

落丁・乱丁本はお取り替えいたします。

定価はカバーに明記してあります。

な-13-6　ISBN4-05-900420-0